月射病

ジョルジュ・シムノン
瀬名秀明 監修　大林薫 訳

シムノン
ロマン・デュール
選集

Le coup de lune
1933

1

なにか不安に駆られる理由がひとつでもあっただろうか？　いや、思いあたるふしはなかった。別に変なことがあったわけではないし、脅威に感じるものもない。この場でそわそわしていたら、それこそおかしいし、いまはまだパーティーの真っ最中だから、とにかく彼はそれにふさわしい態度で振る舞おうと努めた。

もっとも、厳密に言えば、これは不安とは違う。とにかく、いつからだろう、この胸苦しさ、このなんとなくざわざわと落ち着かない気持ちの悪さにつきまとわれるようになったのは。

いずれにせよ、ヨーロッパを離れたときではない。むしろ、ジョゼフ・ティマールは熱意に燃え、頬を紅潮させて、勇ましく旅立ったのだ。

リーブルヴィル[1]で船を降り、ガボンとのファーストコンタクトを迎えたときだろうか？　錨地で船

1　ガボン共和国の首都。

が停泊すると、遠くに陸地が望めたが、なにぶん距離がありすぎて、砂浜は一本の白い筋でしかなく、その上に重なってジャングルの鈍色の筋が続いていた。灰色の海面は大きくうねり、本船に接舷しようとするモーターボートが波に持ちあげられ、運ばれるようにしてやってくる。ティマールは舷梯の最下段でひとり、両足を海水に浸けながら、一瞬近づいては波に引き戻されるボートを待ちかまえた。

不意にむき出しの腕、黒人の腕がティマールを捉えた。ティマールを乗せたボートはたちまち本船を離れ、次々と波がしらを飛び越えていった。しばらくして、たぶん十五分くらいか、もしかしたら、もう少しかかったかもしれない。ボートはコンクリートのブロックを雑に積みあげただけの突堤に横づけした。定期船はすでに汽笛を鳴らしていた。

突堤には誰も待っていなかった。黒人の姿ひとつない。トランクに囲まれて、ティマールがぽつんと立っているだけだった！

だが、不安が生じたのはこのときではない。彼はこの状況をなんなく切り抜けていた。通りかかったトラックを呼びとめて、リーブルヴィルでただ一軒のホテル、《サントラル》まで乗せてもらったのだ。

あれは、なんて素敵なひとときだったことか！　異国の情緒に触れられて！　これぞまさにアフリカ！　壁に先住民族の仮面が飾られたホテルのカフェで、蓄音機のハンドルを回していると、ボーイがグラスにウィスキーを注いでくれる。ティマールは入植者になったような気分だった。

そこで起きるいざこざなんぞ、たかが知れていて、笑い話のような出来事にすぎない。そんなところもいかにも植民地らしいではないか！　ティマールは植民地らしさが感じられるものすべてを楽しんだ。

　そもそも彼がアフリカに渡ることになったのは、伯父の口利きでサコヴァ商会に就職したことがきっかけだった。リーブルヴィルからそう遠くないジャングルの奥地に住みながら、木を伐り出し、その丸太を原住民に安く売る――フランス本社の支配人からそう言いつけられたのだ。

　現地入りすると、さっそくティマールは《サコヴァ》の看板を掲げた商館を訪ねた。冴えない印象の建物の奥にいた人物は、陰気くさいのか、気難し屋なのか、近づいて差し出した手を握り返そうともせずに眺めていた。

「支店長さんですね？……はじめまして。新入りの……」

「いきなり来られて、新入りのなんて言われてもね、誰が、なんのために雇ったのかって話だよ。いったいぜんたい、ここになにをしにきたのかね？　人手なら、うちは足りているよ」

　どっこい、それきしの厭味に腰が引けるようなティマールではない。眉ひとつ動かさぬ相手に面食らったのは支店長のほうで、眼鏡の奥で目をまん丸にして、レンズ越しだとそれがなおさら大きく見えた。支店長はそれまでの態度をだいぶやわらげ、どことなく秘密を打ち明けるように語りだした。

「まあ、いまに始まったことじゃないが。まったく、本国のお偉いさんてのは、植民地でも商売の主導権を握りたがるもので。おたくの任地かい？　小舟で十日かけて川を遡っていった先の先、奥まったところだよ！」

ちなみに、まずその小舟というのが底に穴があいていて、もうひと月も前から使えなくなっているそうで、しかも、その任地にはいかれたじいさんが居座っていて、自分の後釜が送りこまれてきた日には銃をぶっ放してやるとすごんでいたらしい。

「そっちでなんとからまくやっておくれよ。うちは関係ないんでね」

そんなやりとりがあってから四日、ジョゼフ・ティマールがアフリカ入りして四日が経った。リーブルヴィルについては、故郷のラ・ロシェルよりも詳しくなりつつあった。長い波止場は赤みを帯びた灰色で、それを縁どるようにココヤシの並木が続き、吹きさらしの市場は原住民で賑わう。百メートルおきに在外商館が建ち、さらには、豊かな植栽に囲まれた邸宅が点在する。

底に穴があいているという小舟も目にした。修理する者はいなかった。修理を命じる者もいない。ティマールは修理してくれとは言えなかった。なにしろ新参者だし、いわば余剰人員みたいなものだからだ。

彼は二十三歳だった。育ちのよい青年らしいその物腰を、カフェで給仕するボーイまでがおかしがった。

不安になる理由はないのか？　いや、あるのだ！　彼はそれがなにかを知っている。こうして当てはまらない理由をひとつひとつ見直していたのも、当てはまる理由にたどり着く瞬間を先延ばしにするためだった。

理由はそこに、ホテルの中にあった。まるで彼を取りまくように。理由はホテルそのものだった。

それは……。

ホテルの外観にティマールはそそられた。波止場から引っこんだ場所、ココヤシ並木から五十メートルほど離れたところに建つ黄色い建物で、周囲には変わった形の植物が密生している。

カフェとレストランを兼ねたホールの壁はパステルカラーのかなり明るい色調でプロヴァンス地方を連想させ、ニスを塗ったマホガニーのバーカウンター、脚の長いスツール、銅製品らが居心地のよさを演出している。

リーブルヴィルの独身連中の胃袋を満たしているのもこのホテルであり、彼らにはそれぞれ決まった席と決まったナプキンリングが用意されていた。

二階には客室があったが、いつでも空いていた。飾り気のない室内はがらんとしていて、壁はこれまたパステル調で、蚊帳を吊ったベッドのほか、古い水差しやら、ひびの入った盥《たらい》やら、からっぽのトランクやらが適当に置いてある。

上の階も下の階もどの部屋も、鎧戸を締めきって日差しを遮っているため、全館に光と影の縞模様が描きだされていた。

ティマールの荷物はいかにも育ちのよい青年が持ちそうなものばかりで、ホテルの部屋の床の上ではかえってそれが奇妙に映った。彼には小さな盥で体を洗う習慣がなく、なにより、藪の奥に分け入って用を足しにいくような習慣がなかった。

さらには、ありとあらゆる虫の群れ――正体不明の羽虫とか、サソリさながらに尻のそっくりかえったハエ[2]とか、毛むくじゃらのクモとか――にも慣れていなかった。

そして、それが最初に彼を襲った漠然とした不安であり、払いのけてもつきまとう虫の大群のように、この先も彼についてまわることになった。夜、ロウソクを消し、辺りが闇に沈んでも、彼には蚊帳の青白い囲いが見えていた。亀甲紗《チュール》越しに感じるがらんとした広すぎる空間を、なにかが軽く擦れる音や、やっと聞きとれるくらいのざわめきや、生きもののかすかな気配が過《よぎ》り、ときには、透ける紗の上ではたと止まることもあるが、それらはサソリとか蚊とかクモなのだろうか？

そのやわらかな檻の中で身を横たえながら、彼は物音や空気のそよぎに耳をそばだて、不意に訪れる静寂を捉えようとした。

彼ははっとして、肘をついて体を起こした。もう朝になっている。部屋にはすでに日が差しこみ、ドアがあいたところだった。ホテルのオーナーのマダムが微笑みながら静かに彼を見下ろしている。

彼は素っ裸で、いきなりそのことに気づかされた。しわくちゃのシーツから、じっとり湿った白い肩と胴がはみでている。なぜ裸でいるのか、彼は懸命に思いだそうとした。

暑くて、汗をたくさんかいていたのは確かだ。汗ばんだ体に得体の知れない虫が寄ってきそうな気がして、マッチを探ったのだが、見つからなかった。

つまり、そのときには、たぶん真夜中だが、すでにパジャマを脱いでいたということだろう。だからいま、マダムに生白い肌やあばらの浮きでた脇腹を見られているのだ。彼女は驚くほど静かにドアを閉めてから尋ねた。

「よくお休みになれまして？」

床に彼のズボンが落ちていた。彼女はそれを拾いあげると、さっと振るって埃を落とし、椅子の上に置いた。

彼は起き出すことができずにいた。ベッドが汗臭かった。盥には汚れた水が残っており、櫛は歯が折れている。

それでも、この黒い絹のドレスをまとった女性には部屋を出ていってほしくなかった。マダムは甘美でありながら、皮肉を極めた笑みを浮かべた。

「朝食のお飲みものはなにがよろしいかと思って。コーヒー？　紅茶？　ココア？　ヨーロッパでは、お母さまに起こしてもらっていたのかしら？」

彼女は蚊帳をたくし上げて、彼をからかった。もしかして嚙みつきたいという衝動にでもかられたか、彼女は歯を見せて茶化すように笑った。

嚙みつきたくなったのは、彼が入植者たちとは違うからだろうか？　手塩にかけて育てられた若者らしさがまだベッドの中にいる彼に感じられたからだろうか？

2　スコーピオンフライ、シリアゲムシを指すと思われる。

彼女は挑発的ではなかった。母性的でもなかった。それでいながら、そのどちらともとれるものが感じられた。なにより、三十代半ばの女のむっちりとしたその肉体には、頭からつま先まで、そこはかとない艶めかしさが滲みでていた。

あの黒い絹のドレスの下にはなにも着けていないのだろうか？ きまり悪さを覚えながらも、ティマールは自問した。

それと同時に激しい欲望がこみあげてきて、光と影の縞や寝床の獣臭い湿り気といった欲望とはまったく関係のないもの、さらには、未知なるものに怯えて暗闇の中を手探りし安眠していないことまでが、欲望をいっそう強めた。

「ほら、ここ、刺されているわ」

彼女はベッドのへりに腰かけ、裸の胸の乳首のすぐ上の辺りを指し、ぽつんと赤くなった部分を指でなぞりながら、ティマールの目をのぞきこんだ。

そんなことがあって、あとはなだれこむように事に及んだものの、ぎこちなくもつれあうばかりですぐに果て、かなりお粗末なことになった。言うまでもなく彼は恥じ入り、彼女のほうも彼に劣らず驚いていた。彼女は鏡の前で髪を整えながら話しかけた。

「トマにコーヒーを持ってこさせましょうね」

トマというのはボーイのことだ。だが、ティマールからすれば、ただのニグロにすぎなかった。アフリカに来てまだ間もないのに、黒人ひとりひとりの見分けなどつくわけがない。

一時間後、彼が階下に降りると、マダムはカウンターのむこう側に座り、どぎついピンクの絹糸でかぎ針編みをしていた。ふたりで熱く荒々しく情を交わしたことなど、その表情からは微塵もうかがえない。彼女は平然と落ち着いて、いつものように微笑んだ。

「昼食は何時ごろがよろしくて？」

まだマダムの名前も聞いていない！　彼はひどく興奮した。いまだ熱《ほとぼ》りが冷めやらず、ことに、なめらかな肌や、やや締まりがないものの熟れた肉体の感触は記憶に生々しく残っている。そこへ小柄なニグロの女が魚を売りにやってきた。マダムは無言で品定めし、いちばんよさそうなのを何尾か選びだすと、籠に硬貨を放りこんだ。

地下の酒蔵からマダムの亭主の頭がのぞき、続いて全身が現れた。屈強そうに見えるが、疲れが滲んでいる。亭主は大男で、動作が緩慢であり、口もとを気難しそうにゆがめ、険しい目つきをしていた。

「あんた、まだいたのか？」

ティマールは自分が無能な人間に思えて赤面した。そんな調子で三日が過ぎた。ただ、朝方にマダムが部屋に入ってくることはもうなかった。ベッドに寝そべっていると、マダムがホールを歩き回ったり、トマに指図したり、出入りのニグロたちから食材を買ったりするのが聞こえた。

朝から晩まで、彼女はずっと同じ黒い絹のドレスで通していた。その下になにも着けていないことはもう知っている。そんな些細なことで、たびたび彼女から目を逸らさなければならないほど、彼の心は乱れた。

外に出てもすることがなかった。彼はほぼ一日中ホテルにいて、なにか飲むか、三週間前の古い新聞に目を通すか、ひとりでビリヤードをするかして過ごした。

マダムはカウンターで編み物をし、バーに一杯ひっかけにきた客の注文に応じていた。亭主のほうはホールの担当で、ビールやボトル類を運び、テーブルの上を片づけ、ときには邪魔だといわんばかりにティマールを隅っこの席に追いやった。

それらすべてに、苛立ちのような不機嫌そうな印象があり、日が照っているのに闇が広がっているような感じがした。とりわけ、腕を伸ばしただけでも汗が噴き出す鬱陶しい時間帯には、それが強く感じられるのだった。

正午と晩には常連客が来て、食事をし、ビリヤードに興じた。ティマールにとっては馴染みのない面々である。常連たちは友好的でもなければ、反感を示すわけでもなく、ティマールのことをもの珍しげに眺めた。ティマールは思いきって話しかけることができずにいた。

そして、ついにパーティーの夜となった！　パーティーはどんどん盛りあがっていった！　一時間後には、全員が酔いしれているだろう！　ひとりぼっちでシャンパンを飲んでいるティマールでさえも！

ゲストのダンサーはマヌエロと名乗った。ホテルに到着したのは、ティマールが寝ていたときか、出かけていたときに違いない。いずれにしろ、ティマールがホテルでその姿を見かけたのは昼間の十一時ごろだった。マヌエロは馴れ馴れしい笑みを浮かべ、遠慮なくカフェの柱にポスターをぺたぺた貼っていた。ポスターによると、マヌエロはスペインの超一流ダンサーということらしかった。

マヌエロは小柄で身のこなしがしなやかな、愛嬌のある男だった。マダムとはすっかり打ち解けていて、それも異性同士ではなく、同性の仲よしといったふうである。

正午にはもうテーブルが並べ替えられ、マヌエロがダンスを披露するのに十分なスペースが作られた。色紙《いろがみ》を切ってつないだ輪飾りが会場を彩り、蓄音機も点検を終えていた。

スペイン人ダンサーは自室で延々とリハーサルを繰り返していたが、トン、トンとステップを踏むたびに床が振動した。

ジョゼフ・ティマールが仏頂面をしているのは、すでに慣れた生活のリズムを乱されたからなのか？　照りつける日差しにもかかわらず、彼はおもてへ出た。彼はピスヘルメット[3]の下で頭が過熱するのを感じた。黒人の女たちが笑って見ていた。

彼がホテルに戻ったとき、常連はパーティーに備え、はやばやと夕食を済ませていた。間もなくパーティーの参加客が入ってきた。見知らぬ白人の男女たちで、イブニングドレスの女性が数名と、タキシード姿の英国紳士がふたりいる。

3　熱帯地域で使用される防暑帽で、探検帽、サファリヘルメットとも呼ばれる。

どのテーブルにもシャンパンの瓶がところ狭しと並んでいた。急激にホテルの外が闇に沈み、入口や窓のむこうには何百もの黒人の無言の人垣ができた。

マヌエロはもはや女としか思えないほど女のような身のこなしで踊った。マダムはカウンターにいた。いまでは、ティマールは彼女の名前を知っている。アデルというのだ！

みんなから彼女はそう呼ばれていた。客のほとんどが、彼女と親しげな口を利く。彼女をマダムと呼ぶのはティマールくらいだろう。いつものように黒い絹に身を包み、あいかわらずその下にはなにも着けていない。彼女がティマールに近づいてきた。

「シャンパンでよろしい？　パイパー[4]でもかまわないかしら？　マム[5]はあともう何本も残っていないの。イギリス人がそれしか頼まないものだから」

声をかけられてティマールは喜び、感動までした。それなのに、その数分後にはなぜ顔を引きつらせたのか？

マヌエロはすでに何曲か踊っていた。亭主はといえば――客たちはこちらとも親しい口を利き、ウジェーヌと呼んでいた――、ホールの隅に引っこんで、これまでにも増して気難しい表情で蓄音機のそばに座っていた。それでもやはり、カフェ全体に目を配り、耳をそばめては、ボーイを呼びつける。

「どこに目をつけているんだ、間抜け。あそこでお代わりを頼んでいるじゃないか！」

それから、意外にも繊細な手つきで蓄音機の針を交換した。ティマールも同じように耳を澄まし、断片的に聞きとれる会話についていこうと試みた。しかし、おおよそついてはいけなかった。たとえば、隣のテーブルでは、みんなから〝検事さん〟と呼ばれている背の高い若い男がかなりの俗物であり、どこをどう見ても学士三年という風采で、しかも十杯目のウィスキーを飲んでいる。樵夫たちが話を続ける。

「……痕が残らないんだからさ、心配無用。簡単だよ。タオルを濡らして背中にかけるだろ。それから叩けばいいんだ。ムチの痕は残らないぜ」

その背中がニグロの背中であることは、言うまでもない！

もう一本空けてしまったのか？　ボーイが新しいボトルと交換し、ティマールのグラスを満たした。ティマールの席から厨房の一部が見えた。おりしも、マダムが拳でトマの顔を殴っているところだった。いったいどうしたというのだろう？　トマは抵抗もせず、じっとして一点を見据え、何発も殴られている。

会場では同じレコードばかりが幾度となくかかり、何組かの男女が踊っていた。男性客のほとんどが上着を脱いでいた。

4　パイパー・エドシック。一七八五年創業のメゾンの銘柄。
5　英国王室御用達のシャンパン。

窓の外にはあいかわらず黒人の群れがびっしりとはりつき、パーティーに興じる白人たちを無言で見つめている。

蓄音機の横で、亭主は憔悴した顔をしていた。目つきがひどく苦しげで、表情に悲壮感が漂っている。なにかあったのだろうか？　いや、もちろん、なにもないに決まっている！　シャンパンを飲みすぎたのがまずかった。突然、ここ何日かで抱いた小さな不安や悪い印象が残らず表面化したということだろう。

ティマールはただアデルと接触したいがために、なんでもいいからなにか話しかけたいと思った。彼女の視線を捉えようと目で追ったが、ふたりの視線がぶつかることはなかった。ところが、ほかのテーブルから声がかかり、彼女が近くまでやってきた。すぐ横を通りかかったとき、彼は思いきってドレスを二本指でつまんだ。

彼女は一瞬足を止め、ティマールを一瞥して、ひとこと言った。

「自分のボスの奥さんをダンスに誘うのに、なにをぐずぐずしているの？」

彼女が顎でしゃくる先を見やると、サコヴァの支店長の横にピンクのドレスを着こんだ太った夫人が座っている。なぜ、アデルはそんなことを言うのか？　しかも、ずいぶんと苛立たしげではないか？　ジェラシー？　いや、そんなことは望んでもいない。そもそも、彼の眼中にはアデルしかいないのだ。

彼女はいつものように微笑みながら、客と話した。けれども、レジスターには目をやらなかった。

それから、彼女はカフェの奥の中庭に面したドアに向かった。誰もそれに気づいていない。お代わりのシャンパンを無意識に飲み干したティマールを除いては。

「馬鹿だよな！　たったひとりの恋人でいられたらなんて、虫がよすぎる！」

彼はこのとき、彼女を腕に抱きしめたいという欲望をあからさまに見せることもできたのだ。熱く燃えるその体を、とろけそうにやわらかなその肉づきを、瞬間的にありえないくらい反りかえるその腰を。

何分経過しただろう？　五分？　十分？　亭主が悲痛な面持ちで蓄音機のハンドルを回している。

ティマールはその脇にミネラルウォーターの瓶が置かれているのに気づいた。

アデルは戻ってこない。妻がいないことに気づいたらしく、亭主がきょろきょろとホールを見回している。

ティマールはためらいつつも立ちあがり、頭がふらつくことに驚きを覚えながら、ホールを斜めに横切った。小さなドアにたどりつき、中庭に出たところで、外に通じる戸口から駆けこんできた誰かとぶつかった。アデルだった。

「ああ、やっと……」彼は口ごもった。

「どいてよ、馬鹿！」

辺りは完全な闇だった。音楽が聞こえていた。黒いドレスが消え、彼はその場に呆然と立ち尽くした。プライドが傷つき、みじめな気持ちだった。

壁の時計は三時を指していた。マヌエロのダンスはとっくに終了し、チップも集め終わっていた。再び男性に戻ったマヌエロはテーブル席でミントリキュールを飲み、カサブランカやダカール、ベルギー領コンゴで喝采を浴びた話を披露した。

アデルはカウンターに立ち、集中するあまり額に皺を寄せながら次々と客のグラスに酒を注いでいた。

バーでは酔いが回った検事がふたりのイギリス人に挟まれて、ねちねちと厭味を繰り返す。多くの客が引きあげていくなか、樵夫たちが二つのテーブルを陣取ってサンドウィッチをつまみ、ビールを飲んでいた。

「音楽はもういいよ！」樵夫のひとりが叫んだ。「ウジェーヌ、そいつを片しちまって、こっちでいっしょに飲もうぜ」

つられるように亭主が立ちあがった。唇が妙な具合に歪んでいる。亭主は汚れたカフェを見渡した。床に散らばった紙テープ、空いたグラスの山、シミの付いたテーブルクロス……。その目は熱に浮かされたようにギラギラしていた。ドアのほうへ歩きかけたとき、どうもめまいに襲われたらしい。

「すぐ戻る」

ぼそりとつぶやいて、亭主はそのままつんのめるように出ていった。

アデルは紙幣を数え、束ねて輪ゴムで留めていた。

ティマールは電池が切れたように疲れ果て、無気力に、ただなんとなくボトルを空けていた。亭主がどのくらいのあいだ席を外していたのか、あとになって答えられる者はひとりもいなかった。

亭主が再び現れたとき、その姿はさらに大きく膨らみ、かさを増したように見えたが、ひどくふにゃふにゃとしているので、かえって滑稽に映った。

亭主は戸口に立ったまま、カウンターにいる妻を呼んだ。

「アデル！」

アデルは亭主を見たが、紙幣を数える手を止めようとはしなかった。

「ドクターは帰ったのか？　すぐに呼びにいかせろ！」

ホールがしんと静まりかえった。再び亭主の声が響く。

「トマはどこだ？　姿が見えんが」

ティマールは辺りを見回し、ほかの客たちも視線を巡らしてトマを捜した。だが、パーティー要員として雇われたふたりの若いボーイの姿しか見当たらない。

「あんた、具合がよくないのか」樵夫のひとりがあえて声をかけた。

亭主は相手を締め殺さんばかりの凄まじい形相で睨《ね》めつけた。

「うるさい！」亭主は語気を強めた。「いいか？　素面《しらふ》でいたら、ドクターに来てもらってくれ。とにかく気分が悪い。住血吸虫症[6]なんだ……」

ティマールには、なんのことやらさっぱり理解できなかった。しかし、ほかの客たちはすぐに察しがついたようだ。みんながみんな立ちあがって、口々に騒ぎたてた。

「ウジェーヌ……おまえ……」

亭主の声は疲れきっていた。

「ほっといてくれ！　もうお開きだ！」

それだけ言うと、亭主は廊下のむこうに消えた。バタンとドアが閉まった。椅子を蹴とばして倒す音が聞こえた。

アデルが血の気のない顔を上げた。そのままじっと耳を澄ましている。なにやらわいわい騒ぐ声がする。声は次第に近づいてきて、やがてはっきり聞こえるようになった。声の主は四、五人くらいの黒人の集団で、玄関の前で止まった。

ニグロの一音節ごとに喉から絞りだす発声や、少ない語数で成立する会話は、ティマールにはとうてい理解できるものではなかった。

片目の樵夫が通訳し、彼はそちらのほうに耳を傾けた。

「トマの死体が二百メートル先の場所で見つかった。拳銃で射殺されていた」

二階から床を杖でコツコツ叩く音が聞こえた。ウジェーヌだ。しびれを切らして、とうとうベッドを出てドアをあけたのだろう。戸口から階段に向かって怒鳴っている。

「アデル！　俺にこのまま くたばれと言うのか？　畜生……」

2

目覚めると、ベッドに引きずりこんだ蚊帳が体に巻きついていた。部屋中に朝の光があふれている。だが、ここでは毎日のように太陽が照りつける。晴天は決して嬉しいものではない。

ベッドに腰かけて、ティマールは館内の物音に耳を澄ませた。寝ているあいだも四、五回、目が覚めたが、そのたびに廊下を行き来する足音や、ひそひそ話す声や、陶器の水差しに水を注ぐ音が聞こえていた。

昨晩、医者が到着すると、アデルは客たちを帰らせ、ティマールにも部屋に引きあげるように指示した。

「お手伝いできることがあれば……」彼はその場の空気を察しもせずに申し出た。

6　淡水に住む巻貝を中間宿主として寄生ぜん虫が人に感染する病気。病状が進行すると、下痢や血便を引きおこし、内臓系がダメージを受ける。

「ええ、わかりましたから！　部屋でお休みになっていて！」

亭主は自分で言っていたとおり、死んでしまったのだろうか？　いずれにしろ、カフェでは床を掃いている。部屋のドアを少しあけると、アデルの声が聞こえた。

「グリュイエールチーズはもうないの？　店には問いあわせた？　サヤインゲンの缶をあけて。ちょっと待って！　デザートはバナナとアプリコットにするから。右の列のほうから先に使うのよ。愚図ね、わかった？」

彼女は別に大声を上げてはいない。機嫌が悪いわけでもない。ただ、黒人に対しては、いつもこんな調子で話すのだ。

数分後、ティマールは髭も剃らずに下に降りた。アデルはレジスターの前で領収書類の仕分けをしているところだった。室内はすっかり片づけられ、テーブルももとの位置に戻っている。彼女はこざっぱりとした格好になっていた。黒いドレスに皺はなく、髪も櫛を入れてきれいに整えてある。

「いま、何時ですか？」彼は当惑しながら声をかけた。

「九時になったところです」

亭主が急変したのは午前四時だったはずだ！　その時点では、カフェの中は散らかって汚れていた。なのに、アデルは一睡もせず、こうしてもう昼食の献立を考え、チーズやフルーツの心配までしている！

それでもやはり、彼女はいつもより青ざめていた。ことに目の下には、目つきの印象をがらりと変えてしまうくらい黒々とした隈《くま》ができている。それでいながら、あいかわらずドレスを通して乳房のふくらみがわかり、ティマールはなぜか赤面してしまった。

「ご主人はよくなりましたか?」

彼女は驚いたように彼を見つめたが、彼が植民地に来てまだ四日しか経っていないことをあらためて思いだしたようだった。

「晩まで持ちこたえられないでしょうね」

「どちらにいらっしゃるんですか?」

彼女は天井を指した。病人に付き添わなくていいのか訊くのがためらわれたが、彼女は彼の心の中を見透かしたように言った。

「せん妄が始まっていて。もうなにもわからないみたい。それはそうと、あなた宛ての手紙があったわ」

彼女は帳場の上をさらい、一通の書状を差し出した。それは警察からで、ティマールに早急に出頭するよう求めるものだった。

そこへ卵の籠を抱えた黒人の女が入ってきた。アデルは手を振って、いらないと合図した。

「暑くならないうちに出かけたほうがいいわ」

「警察がなんの用だろう……」

「行けばわかるでしょう!」

彼女に心配そうな様子は見られない。カフェも、彼女も、いつもの朝と変わりなかった。

「突堤を過ぎたところで右に曲がって、道なりに進んで。シャルジュール・レユニ海運のすぐ手前ですから……。ピスヘルメットをお忘れなく」

ひょっとしてティマールの思い過ごしかもしれない。だが、その日の朝、黒人たちが妙な態度を示したことは間違いないのではないか。なるほど、いつものとおり、市場には目も覚めるような彩りのパーニュ[7]がひしめきあい、売り買いの声もかまびすしかった。けれども、彼が近くを通りかかると、いきなり群衆の中から睨みつけるような視線が自分に向けられるのを感じた。さらに、おしゃべりに興じていた三、四人の黒人などは口をつぐんで、そっぽを向いてしまった。

ジョゼフ・ティマールは汗だくになっていたが、足を速めた。ところが、道を間違え、総督邸の前に出てしまったため、引き返す羽目になり、やっとのことで、悪路をのぼっていった先に一軒のバラック小屋を見つけた。小屋の前の立札看板には《警察署〔Commissariat de police〕》とある。白ペンキの下手くそな字で書かれたそれは、Commissariat のふたつの s が逆向きになっている。警官の制服を着た黒人たちが素足のままポーチの階段に腰かけていた。建物の仄暗い奥からはタイプライターの音が聞こえてくる。

「署長から呼び出しを受けたのですが」

「呼出状は?」

ティマールは呼出状を出し、ポーチの下で待っていると、鎧戸を閉めきったオフィスから声がかかった。

「中に入って、そこに座りなさい！　ジョゼフ・ティマールさんだね？」

薄暗がりのなか、出目《でめ》で、目の下がいやにたるんだ赤ら顔の男が座っているのが見えた。

「リーブルヴィルにはいつ到着したのかね？　まあ、座りたまえ！」

「この前の水曜の定期便で来ました」

「おたくは、もしや、県議会議員のティマール先生のご親族かな？」

「それはぼくの伯父です」

突然、警察署長は立ちあがり、椅子を引いて、ぶよぶよした手を差し出し、繰り返し椅子を勧めた。先ほどまでとは口調がだいぶ違う。

「どうぞおかけください！　先生はいまもコニャックにお住まいで？　わたしは五年間あの町で刑事をしていましてね」

ティマールは安堵した。最初にこの設備の整っていない暗い部屋に入ったとき、なんとなく反感や失意を覚えたからだ。リーブルヴィルには全部で五百人を数える白人がいる。フランスでは大袈裟に植民地開発と呼んでいるもののために、厳しい、ときには危険が伴う暮らしを覚悟している人々であ

7　ろうけつ染めなどを施したアフリカ伝統の綿生地で腰巻きなどに使用する。

る。

ところが、彼の場合、上陸するとさっそく警察署長に呼び出され、入国してほしくない人物として扱われたというわけだ！

「伯父上は立派なかたです！　そのおつもりがあれば、上院議員にもなれるかたです。ところで、ここにはなにをしに来たのですか？」

こんどは署長が驚く番だった。それもティマールが心配になるくらいの驚きようである。

「サコヴァ商会と雇用契約を結んだのです」

「支店長の後任ですか？」

「いえ、違います。本来なら赴任先は上流の現場のはずなんですが……」

署長はもはや驚きを通り越し、呆然としていた。

「伯父上はそのことをご存じで？」

「サコヴァで働くことを勧めたのは伯父なんです。支配人が伯父の友人で……」

ティマールは椅子に座ったままだった。署長はその周りをぐるりと回って興味深げに観察した。差しこむ光線がときおり署長を照らし、上唇が裂けているのが見てとれた。その面立ちも姿も、最初に感じた印象よりもさらにいかつく見えた。

「おかしな話だなあ。まあ、それについてはまたあとで話すことにしましょう。ここに来る前からルノー夫妻のことは知っていたのですか？」

「ルノー夫妻？」

「サントラル・ホテルのオーナー夫妻ですよ……。ところで、ウジェーヌはまだ生きています？」

「午前中がヤマのようです」

「まあ、そんなところでしょう。それに……」

突如として、ティマールは相手が好意を示しているにもかかわらず、なぜ気詰まりを感じるのかがわかった。室内を行ったり来たりしながら、彼を見つめるその眼差しがアデルとよく似ているのだ。

驚きと好奇心が入り交じった中に、ほんのりと優しさも感じられる。

「ウィスキーでもいかがです？」

答えを待たず、署長はポーチにいる黒人の係のひとりに酒を持ってくるように命じた。

「もちろん、昨晩起きた事件について、あなたがほかの人以上に知っていることはないでしょうが……」

ティマールは赤面し、署長はそれに気づいた。ティマールはさらに赤くなった。署長は黒人が両手で差し出したウィスキーの瓶を受け取ると、暑さに喘ぐ人のように息をゼーゼーさせながらグラスを満たした。

「黒人がホテルから二百メートルと離れていない場所で射殺されたことはご存じですね。総督には報告したところです。厄介な事件です、まったくもって厄介な事件です！」

隣室ではなおもタイプライターを打つ音がしている。ティマールは半開きのドアの隙間から、タイピストが黒人であることに気づいた。

「乾杯しましょう！　あなたはわからなくてもいい。ですが、何日かするうちにだんだんとわかってきますよ。あなたには、ほかの人と同じように事情聴取するためにここに来てもらいました。誰もがみな、同じことを言うでしょう。つまり、自分はなにも知らないと。葉巻はどうです？　吸わない？　こんど、食事にいらっしゃい。家内を紹介します。家内はカルヴァドスの出ですが、やはりコニャックで伯父上と知己を得ましてね」

ティマールはすっかりくつろいで、最初は気に入らなかった室内の暗さが心地よく感じられるまでになっていた。ウィスキーのおかげで気分がよかった。もう十分に観察したと見え、署長は彼をそこまでじろじろ見なくなった。ティマールは思いきって尋ねた。

「さきほど話に出たルノー夫妻のことですが、なにかあるのですか？」

「さては、なにも聞かされていないのかな？　ウジェーヌ・ルノーは十五年前に居住制限を受けていましてね。白人女性の人身売買が主な理由ですが、きっとほかにもいろいろと罪を重ねているはずです。リーブルヴィルでは、彼のような輩が何人もいます」

「マダムのほうは？」

「ああ、マダムね。うーん、取り立てて話すことはないなあ。ウジェーヌとは、当時からすでに連れ添っていましてね。ふたりでテルヌ地区を中心に稼いでいました。さあさあ、ぐいっといってください」

ティマールは三杯目か、もしかしたら四杯目のグラスを空けた。署長もぐっと飲み干して、すっかり饒舌になっていた。検事から緊急の電話が入らなければ、話は延々と続いたことだろう。

おもてに出たとき、太陽が真上から照りつけ、そのあまりの苛烈さに、ティマールは百メートルほど歩いただけで危機感を覚えた。うなじが焼けつくように熱かった。アルコールが抜けないまま、彼はウジェーヌ・ルノーの寄生虫症や、先ほど聞いた話について考えを巡らせた。

なかでもアデルのことばかり考えた。ティマールが七歳のとき、彼女はすでにウジェーヌを手伝って若い女性を勧誘し、南米に送りこんでいたらしい。そのあと、ウジェーヌについてガボンに上陸したのだ。当時は、なんと浜辺に板張りの掘っ立て小屋しかなかったそうだ！　ふたりはジャングルの奥地へと来る日も来る日も白人たちの手だけで丸木舟《ピローグ》を漕いでいった。そして、伐り出した丸太を川に流して運ぶ事業を始めたというのだ！

ティマールの脳裏には、そのエピソードが、断片的な実話にジュール・ヴェルヌの小説の挿絵がまざりあった素朴なイメージとして浮かんだ。彼は海沿いの赤土の道をたどった。ココヤシの木々が上半分は空を背に、下半分は鉛色の海を背に、くっきりとしたシルエットを描いている。海上は凪ぎ、漣もほとんど立たず、浜辺には唇の曲線のような波が打ち寄せていた。色鮮やかなパーニュを腰に巻いた半裸の男たちが、漁から戻ってきたピローグを取り囲んでいる。

川はあそこ、ここから一キロメートルもないところにあり、湾の奥に流れこんでいる。ただ、アデルとウジェーヌが探検をしていた時代には、植栽に囲まれた赤い屋根の商館や総督邸はなかった。

アデルはブーツを履き、弾薬帯を装着していたに違いない。もちろん、素肌に黒い絹などもってのほかだろう。

歩きながら、彼は日陰を探したが、日陰に入っても、日向と変わらず暑い。物体は空気に熱されて、服も触ると火傷しそうなくらいだった。だが、昔はレンガの壁も、飲みものを冷やす氷もなかったというのだ！

八年後、十万フランの大金を手にしたアデルとウジェーヌは、滞在禁止を言い渡されている身でありながら、フランスに帰国した。夫妻はその金をほんの数か月で使い果たしてしまう。署長曰く、〝スッテンテン〟になってしまったのだ。

いったいなにに使ったのだろう？　夫妻はどんな暮らしを送っていたのか？　まだ思春期に差しかかってもいないティマールが、どこかでふたりに遭遇していた可能性だって考えられるのではないか？

夫妻はガボンに戻り、再びジャングルの奥地に入った。ウジェーヌは二度、寄生虫症に感染し、アデルが夫を看病した。

夫妻がサントラル・ホテルを買ったのはほんの三年前のことだという。

そして、ある朝、汗でじっとりとしたベッドで、ティマールはその妻のことを抱いたのである。

汗を拭いたかったが、ピスヘルメットを脱ぐのがためらわれた。白昼の燃え出しそうな道路を歩いているのは、まぎれもなく彼ひとりだった。

警察署長はこれまでにあった事件についても話してくれた。憤慨するでもなく、ただ、度が過ぎるケースについては困ったものだ、とこぼしながら。

ある農園主は、先月、雇っていたニグロの料理人が毒を盛ろうとしたと思いこみ、水を張った盥の上に逆さ吊りにしたという。農園主はときどきロープを緩め、盥の中に料理人の頭を沈めた。結局、そのまま忘れてしまい、ゆうに十五分は経過したころになって引きあげてみると、ニグロは事切れていた。

審理はいまも続いている。国連も介入している。そこへ持ってきて、ニグロがまたひとり殺害されたのだ！

「彼らへの救済措置はないんです！」署長は明言した。

「彼らというのは？」

「黒人を殺した者たちです」

「これまでのケースは？」

「たいていは、なんとか解決できています」

パーティーの夜、アデルはなにをしに外へ出ていったのだろう？　その数時間前、なぜトマの顔を殴っていたのか？

ティマールはその件については話さなかった。この先も口にしないつもりだ。しかし、彼女や自分が外から戻ってきたところを、誰かに見られはしなかったか？

そんなことを考えながら歩いているうちに、ティマールはまたもや道を間違え、来た道をまた引き返すことになった。結局、彼がホテルに戻ったときには正午を迎えていた。がやがやと話し声がするのはいつもと変わりないが、フォークをカチャカチャ鳴らす音は聞こえてこない。そこにいる全員が一斉にティマールに目を向けた。彼はアデルがその場にいないことに気づいたが、ひとまず自分の席に向かった。

ボーイは新顔だった。しかもずいぶんと若かった。誰かが袖を引っぱるので振り向くと、樵夫のひとりがティマールに目配せした。仲間うちでもすこぶる屈強な男で、そのがたいのよさと強面の顔は屠殺人を彷彿させた。

「終わったよ！」

「え？」

樵夫が天井を指さす。

「ウジェーヌは逝っちまった。ところで、あんた、なにを訊かれたのかい？」

それまでの展開があまりにも早すぎて、とくにこの頭がぼうっとなる真っ昼間においては、理解が追いつかなかった。ティマールは考えがまとまらず、自分でも馬鹿なことを言っていると知りながら、訊き返した。

「誰に？」

「だから署長だって！　あの人が真っ先に呼び出したのがあんただ。新参者のほうが聴取しやすいと考えたからだろう。午後か、明日には俺たちの番だ」

誰も食事をする手を止めなかったが、全員の視線がティマールに注がれていた。二階で死んでいる男と、おそらくはそれを看取ったアデルのことを考え、署長から聞かされたエピソードの数々をそれに重ねあわせると、心がかき乱され、ティマールはどう答えたらよいものかわからなかった。

「署長はなにかを知っているようだったか?」

「さあ、それはなんとも。ぼくはなにも見なかったと話しただけです」

「そうか、よし!」

ティマールが肯定的に評価されたのは確かだった。常連たちはこれまでよりずっと好意的な目で彼を見ていた。ということは、連中はティマールがなにかを知っていると思っているのか? つまり、連中もなにかを知っているのだろうか?

ティマールは顔を真っ赤にしてリングソーセージを食べていたが、「ご主人はひどく苦しんだのでしょうか?」と言い出す自分の声を聞いて、ぎょっとした。

そのあとで、そんなことは訊くべきではないし、死ぬ間際の苦痛は耐えがたいものであるはずだと気づいた。

「なにより厄介なのは、あの逆さ吊り事件のすぐあとに起きたってことだ」片目の樵夫が言った。

連中も同じことを思っていたとは! 全員がそう思っていたのだ! 要するに、全員がしきたりに従って行動し、ティマールに対しては好奇と不信の目を向けていたのだ。なぜなら、彼は部外者だから。

上の部屋で足音がした。ドアがあき、閉まった。誰かが階段を降りてくる。

アデル・ルノーだった。彼女はしんと静まり返ったカフェを突っ切って帳場に向かうと、電話の受話器を取りあげた。

彼女はいつもと変わらなかった。ドレスの絹地が乳房の輪郭をくっきりと描き出している点までいつものとおりだ。女性の胸もとをじろじろ見るなど大人げないとはいえ、ティマールが当惑したのは、なによりもその点だった。喪に服すときくらい下着を着けるべきではないのか。

「もしもし……二五番につないでください。はい……もしもし！　オスカルさんはいらっしゃいます？……ええ、わたしよ……じゃあ、戻ってらしたら、終わったと伝えてくださる？　必要なものを揃えて、こちらに来てほしいの……ドクターが、遺体を置いておくのは明日の昼が限界だって……いいえ、けっこうよ。大丈夫ですから……」

受話器を置くと、彼女はカウンターの上で両手を握って頬杖をつき、しばらく正面を見つめていた。

彼女が口を開いたのは、ボーイのほうに少しだけ顔を向けたときだった。

「ちょっと！　なんで奥のテーブルの食器を下げないのよ！」

彼女は引き出しをあけては閉め、部屋を出ようとしかけたが、思い直したように、またカウンターの上で指を組んで顎を乗せた。樵夫たちのテーブルから声が上がった。

「明日、埋葬かい？」

「そうなのよ。ドクターがあまり長く置いておくのはよくないって言うから」

「手伝うことがあるなら……」

「ありがとう。でも、もう大丈夫。じきに棺も届くわ」

彼女が見ていたのはティマールだった。彼は視線を感じたが、目を上げる勇気がなかった。

「ティマールさん、警察署長に会ってらしたんでしょう？　署長さん、ひどくお困りだったたんじゃなくて？」

「いえ、その……ぼくは……。署長さんはぼくの伯父と知り合いで、伯父が県議会議員をしている関係で、それで……」

彼は口をつぐんだ。またしても、周りから冷やかしまじりの好奇の目で見られていることに気づいたからだが、彼らの眼差しにはわずかに敬意も感じられ、彼はうろたえた。同時に、アデルの仰月型の唇にほんの一瞬、感動したような笑みが浮かぶのが見えた。

「お泊りの部屋を変えさせておきました。今夜遺体を安置する場所があの部屋しかないので」

彼女は酒が並ぶ棚のほうを向き、カルヴァドスの瓶を選んでグラスを満たすと、ぐっとあおって顔をしかめた。それから、平坦な声で尋ねた。

「あのニグロはどうなったのかしら？」

「病院に運ばれたよ」樵夫のひとりが答えた。「午後に解剖するはずだ。弾が肩甲骨のあいだを突き抜けているらしいぜ。肝心の弾は見つかっちゃいないけどな」

最後のひと言はわざと付け加えたようだった。樵夫は肩をすくめ、卵黄を思わせるハーフカットのアプリコットを口に放りこむと、先を続けた。

「弾があったとしても、回収されないように現場で黒人警官が張っている。まあ、弾があれば、の話だが。誰か、ビリヤードをやらねえか？」

樵夫はナプキンで口を拭いながら立ちあがった。部屋全体がしんとして、本人もバツが悪くなったのか、歯切れ悪くつぶやいた。

「今日は球を撞くのはやめといたほうがよさそうだな。アデル、俺にもカルヴァドスを頼むよ！」

樵夫はアデルの正面に移動してカウンターに肘をついた。ほかの常連たちも食事を終えるところだった。ティマールは上気した顔で、ぼんやりと食べものを口に運んでいたが、先ほどから飛び回っている大きなハエがそばをかすめるときだけ、憤然と体をかわして避《よ》けた。

重苦しい空気がよどんでいた。外は風がそよとも吹かない。海はすぐそこなのに、寄せては返す波の音すら聞こえてこない。

厨房や料理の渡し場の裏側では、食器同士がぶつかりあう音もしなかった。真っ先に席を立ったのは銀行の副支配人――もの腰がティマールにやや似た、背の高い若い男で、食事はいつもホテルで済ませていた――で、ピスヘルメットを被り、タバコに火を点けてから出ていった。

ほかの客たちも、われもわれもと立ちはじめた。何人かはカウンターで一杯やってから引きあげるだろう。どのみち、時計が二時を指す頃にはカフェから誰もいなくなる。ティマールとアデル以外は。

それまでずっとカフェにいようかどうしようか、ティマールは逡巡した。朝からウィスキーを四杯も飲んだせいで、けだるかった。頭もぼうっとして、ずきずきする。けれども、これから自分の部屋に死者が運びこまれるというのに、そのあいだ新しい部屋で眠る気にはなれない。

グラスを片手に誰かが訊いた。

「棺の蓋を閉じる前にひと目会えるかな?」

「無理じゃないか。五時にはすっかり終わっているだろう」

「気の毒なやつだ」

そう言ったのは亭主と同年代の男だった。彼らよりも若くて、すでに二回発症した者もいる。警察署長の話では、一度や二度は財産を築いてフランスに戻り、一年足らずで使いきってしまった者が何人もいるそうだ。金歯のある片目の樵夫は、ボルドーに戻ると、オペラの特別公演がある夜に町中のタクシーをすべて借り切ってしまったらしい。土砂降りのなか、タキシードやイブニングドレスに身を包んだ観客たちが歩いて帰るところを見物する、ただそれだけのためにやったのだ。いまは、寄生虫症に感染したこともあって、古いトラックでちょっとした配達をしたり、道路局から清掃の仕事を請け負ったりして、ほそぼそと暮らしているという話だ。

商館の鐘が一時半を知らせた。もはやカフェには四人しかおらず、そのうち三人になった。ティマールはテーブル席に座ったまま、床をじっと見つめていた。

最後の客がグラスを飲み干し、帽子掛けからピスヘルメットを外すと、ティマールの心臓は早鐘を打ちはじめた。こちらからどう切り出そうか、あるいは、むこうからなにを言われるのか、不安で胸が締めつけられそうだった。

客の足音が遠ざかっていく。彼は力を振り絞って頭を上げた。あとはもう気絶してもかまわない。彼は自分も酒を注文することにした。

ところが、彼がそう心を決めたとたん、仕事はもうごめんだとばかりに、アデルがため息をついた。レジスターの引き出しを閉める音がした。彼女は彼には目もくれず、無言のままカウンターを出た。ややあって、厨房で彼女が小声で指示を与えるのが渡し場のむこう側から聞こえた。最後に、階段を上る気配がして、間もなく頭上で足音が響いた。

3

夕食の状況も昼食のときとさして変わらなかった。唯一違うのは、二階の遺体がもうベッドの上にはなく、二脚の椅子で支えた棺に納められていることだ。

加えて、常連の何人かが、示しあわせたように視線を交わしている。なにか取り決めたことでもあって、確認をとっているのだろうか。食事を終えると、強面の樵夫がカウンターに近づいた。

「なあ、アデル、そろそろ閉めたほうがいいんじゃないか?」

「いま、そうしようと思っていたところよ」

「それに……たぶん……そばで寝ずの番をするもんなんだろう? こういうときは、俺たちを頼ってくれてもいいんだぜ」

荒々しい顔つきと、許しを求める小学生のような表情とのギャップが大きすぎて、まるで喜劇である。

「どうして見張りをするわけ? 死体は逃げないのに」

樵夫の目がキラリと光った。必死で笑いをこらえようとしているに違いない。それから五分と経たないうちに、ティマールも含め、客たちはみなカフェを出た。おもてに出てからも、それぞれがわざとだらだらして、心残りを見せていた。

「寝る前に一時間ばかりドライブでもするか！」

「また明日な、アデル」
二、三人が目配せを交わし、樵夫がティマールの肩を叩いた。
「一緒に行こうぜ。彼女はひとりになりたいんだ」

カフェはひっそりとしていた。ティマールも入れると、客は全部で六人いる。六人は暗い道を歩いて、ピックアップトラックを停めてある場所まで来た。ひとりがクランク棒を回してエンジンをかけた。月が煌々と照っていた。ココヤシの並木のむこうから銀色に輝く海のざわめきが聞こえる。ヨーロッパでティマールが想像していた熱帯の島々の夜の情景が、まさにこんな感じだった。

ティマールはカフェを振り返った。客の引いた店内が思い浮かび、悲しくなった。いまごろ、ボーイがテーブルの上を片づけているだろう。アデルはカウンターから指示を与えているはずだ。

発進したトラックの荷台で、彼は銀行の副支店長が一緒に乗っていることに気づいた。銀行マンは彼に体をくっつけるようにして踏ん張っていた。誰かがため息まじりにつぶやく。

「ハァ……アデルも無茶なことをするもんだ！　こっちは食い終わる前に息切れするんじゃないかと思った」

「おい！　うちに寄ってくれ！」別の男が荷台から身を乗り出して運転手に叫ぶ。「ペルノ[8]を取ってくるから」

お互いに相手の顔がよくわからなかった。というよりむしろ、月の光がそれぞれの相貌を歪めていた。車が轍の流れに逆らうたびに、六人の体は大きく揺れて、弾んだ。

「どこへ行くのですか？」ティマールは小声で銀行マンに尋ねた。

「原住民の小屋で楽しい夜を過ごしに」

ティマールは銀行マンがいつもと違う顔つきになっていることに気づいた。やたら線が細くて上背があり、細面のブロンドで、振る舞いにも節度がある若者である。しかし、この夜は、目に怪しげな光が宿り、視線が異様に落ち着いていなかった。

ペルノを待っているあいだ、ティマールは銀行マンと小声で少し話をした。おかげで、強面の男がブイユーという名で、屠殺場で働いたことこそないが、以前はモルヴァン山地の村の小学校で教員をしていたことを知った。

話の途中で、銀行マンははっとして、礼儀正しく頭を下げ、手を差し出した。

「自己紹介が遅れましたが、ジェラール・マリタンといいます」

「サコヴァ商会のジョゼフ・ティマールです」

8　アニスをベースとしたリキュールで、アブサンの代替品として発売された。

再びトラックが動きだした。車はティマールの知らない道を走っていたが、エンジン音が騒々しくて会話を続けることもままならなかった。その車というのも一時しのぎに屑鉄を寄せ集めてできたような代物でしかなかったが、運転手はどこ吹く風で、カーブにさしかかると思いきり車をインサイドに寄せ、そのたびに、荷台では男たちの体がゴッンゴッンとぶつかりあった。

道の両側にいくつか明かりが見えたが、やがて、それもなくなった。遠くに灯火が見え、原住民の小屋の黒い円錐形のシルエットがいくつも現れた。

「マリアのとこか?」誰かが訊いた。

「マリアのとこだ!」

突然、ティマールは悪夢に引きずりこまれた。リーブルヴィルの夜をさまようのははじめてである。月が諸物に謎めいた趣を与えていた。ここがどこなのか、どこへ行こうとしているのか、彼にはわからなかった。

トラックが通りかかると、人影が次々と脇によけていく。たぶん、ニグロたちで、すぐにジャングルと見分けがつかなくなった。ブレーキの軋む音がして、ブイユーが真っ先に荷台から飛び降り、一軒の小屋に近づいた。小屋は真っ暗だったが、ブイユーは扉を蹴ってノックした。

「マリア! おい、マリア! 起きろ」

ほかのメンバーも次々と車を降りた。ティマールはなおさらマリタンが自分に似ているように思われて、そばから離れなかった。

「マリアって？　売春婦ですか？」

「違います！　ふつうのニグロの女ですよ。彼女たちは白人相手に商売をしているんです。リーブルヴィルには飲み屋がありませんからね。今夜はことさら飲み屋が必要だったんです……」

夜だというのに暑かった。ほかの小屋からは物音ひとつ聞こえない。マリアの小屋の扉があき、裸のニグロの男が出てきた。男は挨拶の身振りを示し、村のさらに暗いほうへと消えていった。

あとになってティマールは、男がマリアの夫であり、客があるときは外に出されてしまうことを知った。

マッチの炎が小屋の中を照らし、石油ランプに灯が入れられた。

「さあ、入った、入った」ブイユーが声を張りあげ、先に仲間を通す。

中は外よりもさらに気温が高く、人が放つ熱気がむんむんして、むせかえるような暑さだった。すえたにおいがして、ティマールは吐き気を覚えた。汗をかいた黒人が通り過ぎたことがわかる、あの余臭である。

ランプに灯を点した女は、むき出しの体に片手で素早くパーニュを巻きつけたところだったが、ブイユーがそれを剝ぎ取り、小屋の隅に放り投げてしまった。

「ふたりの妹も呼んでこいよ！　末っ子のはうだけでもいいから！」

白人たちは、窮屈な思いをしているに違いないマリタンを除き、すっかりくつろいでいた。小屋の中にはテーブルが一台と、折り畳み式のデッキチェアが二脚、汚らしい簡易ベッドが置いてあった。

ベッドはまだ人が寝ていた形に窪んでおり、じっとりと湿っている。

それでも、白人三人は客用のブランケットを敷き、その上に腰を下ろした。

「なあ、あんたたちも座ったらどうだ」

真っ昼間でさえ、これほどの暑さを感じたことはない。それはティマールにとって、もはや危険な暑さ、熱病に罹ったような病的な熱さだった。彼はその辺にあるもの、壁にさえも触れることに生理的な嫌悪感を覚えた。マリタンに目を向けると、奥まったところにいるにもかかわらず、突っ立ったままだった。

「アデルのとこには及ばんがね！」むこうからブイユーが大声で言った。

「さあ！　飲め……飲めば気分がよくなる」

ティマールのところまでグラスが回ってきた。グラスは三つあったが、洗った形跡はない。あとのふたつは、それぞれブイユーと片目の樵夫が手にしていた。

「アデルに乾杯！」

ペルノのストレートだった。ティマールは一気にあおった。五人の男たちとわたりあう勇気がなかったからだ。中身もグラスもぞっとするので、鼻をつまんで飲みこんだ。

「ここは知らないふりをするのが賢明だろう。しかし、俺たち全員が彼女と寝ている以上……」

そのとき、おもての扉があかなければ、ひと騒動あったかもしれない。最初に入ってきたのはマリアで、唇に従順そうな笑みを浮かべている。続いて入ってきたまだ若くてほっそりとした娘は敷居を跨ぐなり、さっそく戸口のすぐそばに座っていた男に捕まっていた。

それでなくとも狭いのに、全員が入ると小屋の中はさらにとんでもないことになり、ぎゅうぎゅう詰めの状態だった。

三人の女たちはほとんどしゃべらなかった。しゃべるにしても、たどたどしい片言である。女たちはなにかにつけてよく笑ったが、そのたびに見せる白い歯が眩しかった。ペルノの瓶が空になると、マリアがマットレスの下からミントリキュールの瓶を取り出し、みんなはそれを飲んだ。

一度だけ気まずい瞬間があった。片目の樵夫が「トマが死んだことを、村ではどう噂しているのか?」と尋ねたときだ。

女たちの顔から笑いが消え、無愛想になり、反抗的な表情が浮かんだ。三人とも押し黙り、地面を見つめた。ブイユーが場を盛りあげるように声を張りあげた。

「もう、いいじゃないか! あんな野郎のことなんて、どうでもいいさ! さあ、みんな、乾杯しようぜ! これからなにをするか知りたいか? みんなでジャングル散策としゃれこもうじゃないか!」

夕食のときのように、目配せが交わされた。ブイユーの言葉はなんとなく意味ありげで、あらかじめなにかを企んでいたのではないか、とティマールは思った。

「ちょっといいか、マリア! どこかでウィスキーでもなんでもいいから酒を一本調達してきたら、百フランやる!」

すっかり寝静まっているように見える村で、彼女はウィスキーを探し出してきた。村はしんとして、灯りも消え、人声もしない。しかし、どの小屋でも、中で聞き耳を立てているに違いなかった。やいのやいの騒ぎながら、全員がトラックに乗りこんだ。

そのときになって、男たちはカポックの木のそばに別のニグロの女が立っていることに気づいた。

「おまえも乗れ！」

クランク棒でエンジンが始動すると、あとはもうエンジンの騒音と、スプリングがギシギシいう音以外は聞こえなかった。


ティマールはなにも見たくなかった。彼は後方に流れてゆく木々の梢ばかり眺めた。月の光がその輪郭を細部まで浮き立たせている。車はこまめにシフトチェンジしながら砂地を走った。

ティマールの手にまだ半分残っているウィスキーの瓶が押しつけられた。瓶はすっかり温まっていて、首の部分がベタベタしている。とても飲む気にはなれず、彼は飲むふりをした。酒は顎を伝って胸に流れ落ちた。

俺たち全員が彼女と寝ている以上……

ティマールは身悶えするほどの焦燥感に囚われた。いま考えていることはただひとつ。この獰猛な面構えのブイユーに詰め寄って、説明を求めることだ。なぜなら、そんなことは嘘だからだ！　そんなことがあるわけがない！　ブイユーごときが……ましてや、片目の男がアデルの愛人だったなんて……。

怒りと失望が交互に襲ってきた。一瞬、車を停めさせて降りてしまおうと思った。だが、いま、自分がどこにいるのかもわからない。結局のところ、同乗者たちと行き着くところまで行くしか道は残されていなかった。

少なくとも二十五キロ以上は走ってきたのではないだろうか。道が行き止まりになったところで車が停まった。そこは川沿いの林間の空地のはずれにあたっていた。どんちゃん騒ぎが始まった。頓狂な声や、けたたましい笑い声が辺りに響く。

「酒だ！　酒を忘れるな！」誰かが叫んだ。

ティマールは誰にも気づかれることなく、トラックのそばにひとり佇んだ。正面では光と闇がまだら模様を作るなか、人影が動き回り、それがときには千鳥足で歩いていることもあった。囁きあう声や、独り言や、興奮した笑いも聞こえてくる。

一番に引き返してきたひょろ長い人影はマリタンだった。マリタンは一メートル近くまで近づいて、突然ティマールの存在に気づき、バツが悪そうに口ごもった。

「こんなところにいたんですか……もっと、楽しまないと……」

ずんぐりした人影が空地を行ったり来たりしていたが、不意に、その人影も車まで戻ってきた。

「早く！　車に乗るんだ！　これからおもしろくなるぞ！」

ブイユーだ。別の人影もやってくる。さらに、二人目、三人目と続く。ニグロの女もついてきた。

「ちょっと待った、お嬢ちゃん！　白人が先だ！」

白人たちが荷台によじのぼった。女たちは順番を待っていた。エンジンがかかった。

「出せ！」

すかさずトラックは発進し、女たちは悲鳴を上げながら駆けだした。

「その手を離せ！　あばよ、ベイビー！」

女たちは全員素っ裸だった。ジャングルの獣さながら、一糸まとわぬ姿である。月が銀色の光で四つの裸身を縁どっていた。女たちは金切り声で叫びながら、腕を振り回している。

「もっとスピードを上げろ！　追いつかれるぞ！」

車体が激しく揺れた。切り株にぶつかり、危うく転倒しかけるも、ぎりぎりのところで持ちこたえる。

女たちはまだついてきていた。しかし、徐々に引き離されていく。その姿がますます小さくなり、ますます遠くなって、叫び声もぼんやり聞こえるくらいになった。

「あー、すっきりした！」

実際、荷台もすっきりした！　女どもをおっぽり出してきたのだから！

笑ったのはせいぜい三人か四人だった。何人かは文句を垂れた。

「誰だったんだ？　あのデブの年増は」

ティマールの横で、マリタンがうつむいた。

卑猥な言葉まで飛び交った。それが、車が先に進むにつれて、みんな口が重くなり、しょげ返って陰気臭くなった。

「俺、明日、警察に呼ばれているんだ」

「俺もだ」

「アデルもかな？　それはそうと、みんなで金を出しあって、花輪を送ったほうがいいかもしれんな」

暑かったり、寒かったりした。ティマールは全身汗だくで、シャツがぐっしょり濡れていた。肺が火傷しそうなくらい熱い空気を吸っている気がしたが、それでいながら、荷台で感じる風が冷たくて、体が縮みあがった。

アデルの名が出ると、彼はびくっとした。月が傾いて、木々のむこうに隠れ、仲間たちの姿はもう見えなくなった。それでも、彼はブイユーがいる荷台の隅の辺りを見定めた。

「アデルさんのことで教えていただきたいことが……」

自分の声があまりにも空々しく響き、彼は当惑して口をつぐんだ。

「俺になんて言ってほしいのかい？　お好みだったら、楽しめばいいさ、今夜の俺たちみたいにね！　だが、大人げない真似はよしてくれよな！」

ティマールは黙りこくっていた。彼は波止場の角で降ろされた。マリタンが低い声で「また明日」と囁き、右手を差し出した。ティマールはただその手を握り返しただけだった。

暗闇を彼はひとりで歩いた。ホテルはぽつんとひとつだけ、二階の窓の灯りが点いていた。最初に正面玄関のドアをあけようとしたが、鍵がかかっていた。人が亡くなったのだし、神経も昂っていたので――膝が震えるほど、いわれのない恐怖にも似た興奮状態にあった――、ドアを叩いて大声で叫ぶ気にはなれなかった。

彼は建物を回り、中庭の扉の前に着いた。足音を立てたのがまずかった。ネコが一匹逃げていき、彼は息が止まりそうになった。病気になりそうな予感がする。たぶん、全身に汗をかいて震えが止まらないせいだ。少し動いただけでも汗が出る。毛穴のひとつひとつから大粒の汗が噴き出すのがわかった。

中庭の扉が閉まっていたので、もう一度正面玄関に戻ってみると、ドアがあいた。

アデルがロウソクを手に立っていた。いつもの黒い絹のドレス姿で、あいかわらず落ち着いている。細くあいた隙間からするりと中に入ると、背後でもうドアが閉められようとしていた。揺らめくロウソクの炎が、カフェを別の空間に変えている。ティマールは言葉を探した。彼は深く傷つき、自分に対して、彼女に対して、全世界に対して激しい怒りを覚えており、これまでにないほど気を揉んでいた。

「まだ寝てなかったんですか？」

彼は陰険な目つきで相手を見た。彼の中で思いがけない反動が生じていた。先ほど見せつけられた不快な光景の数々が原因だろうか？　というよりも、これは怒りを込めた抗議であって、いわば意趣返しのようなものではないだろうか？

いずれにしても、彼は野蛮で邪な欲望に囚われていた。

「左側が新しいお部屋ですから」

彼は卑怯にも彼女のうしろを歩いて階段まで来た。ふたりともこのあと二階に上がる。彼女はいったん立ち止まり、彼を先に通して、足もとを照らしてくれるだろう。

その瞬間に、彼は彼女の腰に手を回したが、自分がどうしたいのか言えずにいた。

彼女は動じず、ロウソクを取り落とすこともなかった。ティマールの手に熱い蠟のしずくが垂れた。彼女はただ上体をうしろに反らせただけだった。やわらかな曲線を描いた体つきなのに、タフでかなり筋力があり、その体を抱きとめることはできなかった。彼女はただこう言っただけだった。

「酔っているのね、坊や。もう寝なさい！」

彼はかすんだ目で相手を見つめた。ロウソクの炎に照らされて、彼女の青白い顔がちらちらと揺れている。その仰月型の唇は、なにがあろうとつねに皮肉めいた優しい微笑を描いているように見えた。

ティマールはぎこちない足どりで階段を上がると、けつまずいたあげく部屋のドアを間違えた。彼女は怒りもせずに言った。

「左側のドアよ」

部屋に入ってドアを閉めると、彼女が階段を上がってきてドアをあけ、続いて閉める音がした。そして最後、靴を片方ずつ床に脱ぎ捨てるのが聞こえた。

4

ティマールが不意に異世界に置かれたような感覚に囚われたのが、墓地という場所である。その〝異郷感《デペイズマン》〟に押し包まれ、すっかり浸されて、それはもう高波に襲われたかのような息苦しさを覚えるほどだった。

彼はこの〝異郷感《デペイズマン》〟を、色彩豊かな景観や、ココヤシの放射状に広がる羽根のような葉や、原住民語の歌や、黒光りする裸体の群れの中に求めていた。

ところが、それは別のところにあった。次の文句の意味するもの、紛うことなき絶望的な事実にあったのだ。

「アフリカから出るには船に乗らないといけない。月に一度の定期船で、フランスまで三週間かかる！」

時刻は午前八時になっていた。苛烈な暑さを避けるため、葬列は七時にサントラル・ホテルを出発した。しかし、熱いのは日差しではなく、地面や壁やあらゆる物体であった。それどころか、自分たちの体そのものが熱源と化していたのだ！

ティマールが床に就いたのは朝の四時である。目覚めてからずっと気分が悪く、思いのほか、酔いが残っているようだった。

参列者の中には樵夫たちやマリタンをはじめ、常連客全員の姿があった。地方の都市で見られる光景と同じく、参列者はグループに分かれて、ホテルの玄関先に佇んでいた。唯一違うのは、白い服を着て、めいめいがピスヘルメットを被っていることである。棺のうしろから現れた黒いドレスのアデルでさえ、ピスヘルメットだけは被っている。

霊柩車は昨夜のピックアップトラックで、車体が黒い布で覆われていた。

参列者たちは赤い土の道を歩きだした。細い坂道にさしかかると、道の両側に原住民たちの小屋が並んでいるのが目に入った。マリアの家もそのなかにあるのだろうか？

体が熱くなるにもかかわらず、みな足早に歩いた。速度が遅いと、トラックのエンジンが停止してしまうのだ。先頭のアデルだけが、ごくふつうの足取りで歩いている。彼女はすべての責任を負っているかのように、周囲を見回しては、ときおり、うしろを振り返った。

一行はついに墓地に到着した。墓地は丘の頂にあり、そこから海と町が一望できた。左手にジャングルを流れる川が見え、木材を積んだ赤と黒の貨物船が錨をおろしている。

空気が澄みきっているせいだろうか？　かなり距離があるのに、それでも細かいものまで見分けることができる。小さなタグボートに曳行される筏たち。カタカタカタカタというディーゼルエンジンの音も聞こえる。丸太に巻きつける鎖がジャラジャラ鳴り、ウィンチのワイヤーがキリキリと軋む。

さらに遠くには海が広がる。海はどこまで行っても海で、二十日間、全速力で航海を続けてやっとフランスの浜辺が見えてくるのだ。

本当にここは墓地なのか？　ヨーロッパの伝統を尊重しようとしたことはうかがえる。二、三の墓石と、木の十字架がいくつかあった。それでも、墓地というにはほど遠い。礼拝堂がないし、囲い塀もない、鉄格子の門もない！　紫色の大きな実をつけた奇妙な灌木の生垣が巡らされているだけだ。そんな植物があるというだけで、ヨーロッパから遠く隔てられていることをいやというほど思い知らされる。それにまた、土壌の赤いことといったら！　さらに、生垣を外れた百メートルほど先に、墓標のない長方形の塚が並んでいる。なるほど、そこが原住民たちの墓地ということか。中央にバオバブの巨木がそびえている。

野辺送りに参列しなかった人々が車で乗りつけて、タバコを吸いながら待っていた。その中に総督や地方行政官の姿もある。彼らはアデルに頭を下げた。

ここに至って、さっさとことを運ぶ必要に迫られた。なにしろ、日陰がない。葬儀のあいだじゅう、貨物船の荷積みの音が聞こえていて、牧師も困惑ぎみである。

ウジェーヌ・ルノーは生涯を通じて生粋のカトリック教徒だった。ところが、二日前にリーブルヴィルの主任司祭が内陸地方に出かけてしまったため、代わりにイギリス人たちの牧師が勤めを引き受けることになったのだという。

四人の黒人の手で、少し深すぎるくらいの穴に棺がするりと下ろされ、上から鍬で土がかけられた。

もしかして、いつか自分もあんなふうに埋葬されるのかもしれない。そんな考えが頭をかすめ、ティマールは、ラ・ロシェルから遠路はるばるこんな土地まで来てしまったことを痛感せざるを得なかった。これは墓地とは違う！　あんなのは埋葬とはいえない！　ここは自分の居場所じゃない！　眠くてたまらないし、胃も痛んだ。ピスヘルメットを通して侵入してくるこの熱気、首筋に焼け火箸を突きつけてくるようなこの熱気がただただ恐ろしかった。

埋葬を終え、全員がぞろぞろと帰途についた。ティマールは人の群れからひとり離れて歩こうとしたが、横を見ると背の高いマリタンの姿があった。

「ちゃんと寝られましたか？　ところで、きみも事情聴取に呼ばれていますか？　どうやら総督も立ち会うそうですよ」

視界にぼんやりと浜辺の市場が映った。たしか、警察署はこの細い道を入っていったところだ。汗に濡れたシャツが腋にぺったり貼りついている。ティマールは喉の渇きを覚えた。

警察署には待合室がなく、ポーチの軒下に椅子を並べて間に合わせていた。それでも、照り返しが強すぎるので、ピスヘルメットを脱ぐわけにはいかなかった。

入口の木の階段には連絡係の黒人たちが思い思いに腰を下ろしている。署長室のドアは開けっ放しで、総督とフランス本国の検事が中に入っていくのが見えた。別室からタイプライターを打つ音がする。音が途切れるたびに、会話の内容が切れ切れに聞き取れた。

最初に中に通されたのはアデルだった。樵夫たちは、とくに総督の声が聞こえると、互いに目配せを交わしあった。総督は礼儀正しく、相手に敬意を払っている。

「……お身内を亡くされたばかりのところ……申し訳ありませんね……解明が急がれており……厄介な問題が……」

聴取は五分とかからなかった。中で椅子を引く音がして、アデルが出てきた。彼女は落ち着いた表情で階段を降り、ホテルへと帰っていった。

「次の人、どうぞ」

ブイユーが仲間にしかめっ面を見せてから中に入る。タイピングの音がひっきりなしに続いた。それ以外はなにも聞こえなかった。ブイユーは外に出てくるなり肩をすくめてみせた。

「次の人！」

座席の一番端だったこともあり、ティマールは連絡係に水を一杯ほしいと言い出せずにいた。

「マダムは総督の愛人だったんですよ」隣のマリタンがそっと耳打ちした。「それでややこしいことになっているんです」

ティマールは反応せず、マリタンが呼ばれて中に入るときに、席を詰めただけだった。

「……午前零時から四時のあいだ、誰もカフェから出ていないのは確かですか？……ありがとうございました……」

マリタンに続いて署長が入口に現れ、ポーチを一瞥して、ティマールに気づいた。

「ああ、そこにいたんですか。さあ、中へどうぞ」

丸い顔が汗でてらてら光っている。ティマールは署長のあとについて部屋に入った。明るいおもてからいきなり暗い場所に移ったせいで、室内の人物たちが黒い影法師にしか見えない。グラスの載ったゲリドンテーブルのそばに、影法師のひとりが大股を開いて座っていた。

「総督閣下、このかたが例のティマールさんです」

総督は湿った手を差し出した。

「はじめまして！　どうぞおかけください。実を申しますと、妻もコニャックの生まれでしてね。伯父上のことはよく存じあげているそうですよ」

それから、総督はもうひとりの人物のほうを向いた。

「こちらのジョゼフ・ティマールさんは名家の御曹司です。……ティマールさん、ご紹介しましょう。検事のポレさんです。……署長、グラスをもうひとつお願いしますよ」

鎧戸から光が筋状に射しこんでいたが、室内は薄暗く、暗さに目を慣らす必要があった。署長はグラスにウィスキーを注ぎ、サイフォンでソーダ水を作った。

「どうしてガボンに来ようと思ったのですか？」

総督は六十がらみで貫禄があり、いわゆる赤ら顔だった。肌の赤みとは対照的に白髪が際立ち、上品に見える。権力は行使しても執着はせず、それよりも飲食を楽しむほうを大事にする年配者のような、気さくな雰囲気があった。

「……ああ、サコヴァ商会ね。ご存じですかな？　われわれが罰金刑の引き下げに妥協していなかったら、あの会社は倒産していたことでしょう」

「知りませんでした。伯父からは……」

「伯父上は上院議員選挙に出馬なさるのですか？」

「そうだと思います」

「さあ、乾杯しましょう！　どうかこのリーブルヴィルに悪い印象を持たないでいただきたい。何事もなく二年が過ぎても、そのあとで立て続けにスキャンダルが発生することもあるのでね。昨夜もまた、浮かれすぎた連中が原住民の女性たちをジャングルに置き去りにしたようですが、トマが殺されて黒人たちが怒り狂っているときに、まったく面倒なことをしてくれたものです」

検事のほうはもっとずっと若かった。ティマールはこの検事とは面識があった。ホテルのパーティーの夜、イギリス人に挟まれて飲んだくれていた若い男である。

「署長からティマールさんに訊いておくことは？」

「とくにありません。聴取のほうはもう済んでいまして、そのときが初対面でした。ところで、ティマールさん、あのホテルにまだ滞在するなら、用心したほうがいいでしょう。実は、捜査から判明したことがあり……」

署長は言いよどんだ。しかし、総督がその先を引き取って、わざわざ説明を加えた。ティマールにはすべて話しておくべきだと判断してのことらしい。

「トマを殺害したのは、どうもホテルのマダムらしいのです。こちらで証拠を摑んでいます。犯人を特定するのに十分といえるくらいの証拠をね。現場で銃弾の薬莢が回収されたのですが、それが、ルノー夫妻が所持するリボルバーと同じ口径なのです」

総督は自分の葉巻入れを差し出した。

「葉巻はいかがですかな？　彼女が犯人となると、実に都合が悪いのですが、どうしようもないことでね、今回は見せしめが必要になります。おわかりですか？　彼女は観察対象となります。行動のひとつひとつが監視されるというわけです。ひとつでも軽率な行為が認められたら……」

「思うに」それまで口を閉ざしていた検事がぼそりとつぶやくように言った。「被害者がマダムに対してなにかをした可能性があります。彼女は激しやすいタイプではありません。自分を律することができる人です」

ティマールは自分もほかの人たちと同じように、デスクの前に立たされたまま、手加減なしに事情聴取を受けたかった。

この町では、なぜ誰もが彼を好奇の目で見ようとするのか？　なぜあくまでも特別扱いしようとするのか？　いまや当局側の人間までがなぜか彼の同席を認め、捜査上の秘密を話している！

「もちろん、あなたはご存じないですよね？　樵夫たちが結託しているんですよ。誰ひとり口を割ろうとしない。まあ、当然でしょうな。パーティーの最中でなかったら、事件は隠蔽されていた可能性が高い。あなたはパーティーのあいだ、誰かが外に出ていくのを見ませんでしたか？」

「見ていません」

「近いうちに官邸でディナーをご一緒願いたいものですな。あなたとお近づきになれたら妻も喜びます。そうそう、ここにはクラブハウスもありますからね。憶えておいて損はない。突堤の真向かいです。あまりぱっとしない外観ですが、ないよりはましでしょう。ブリッジをおやりになるならぜひ……」

総督は立ちあがり、いかにも公務に慣れているようにあっさりと面談を終わらせた。

「友よ、また会いましょう！　なにかご用がありましたら、ご遠慮なくお申しつけください」

ティマールは堅苦しすぎる言葉遣いで、ぎこちなく暇を告げてから引きあげた。外に出て、波がなく池のように真っ平らな海を再び目にしたとたん、朝、頭につきまとっていたイメージがまたよみがえった。それはフランスの地図、大西洋の端に位置する極めて小さなフランスの地図だった。河川や県の境界線――彼はその形を全部そっくり憶えていた――、都市が載った見慣れた地図である。総督はル・アーヴルの生まれで、夫人のほうはコニャック出身という話だった。樵夫のひとりの故郷はリモージュだと聞いているし、もうひとりはポワチエ、そして、ブイユーはモルヴァンだ。

全員ご近所さんみたいなものではないか！　ラ・ロシェルからは数時間以内の距離だから、そのつもりなら会いに行くこともできただろう。そのご近所さんたちが、赤道直下のジャングルを切り開いた狭い土地で一堂に会するというこの状況……。海上をたくさんの船が行き交っていた。朝に見たのと同じようなタグボートもある。ウィンチの周辺からはハエの羽音までが聞こえてくる！　リーブルヴィルを一望できるあの丘の頂上には墓地があった。墓地は墓地でも、あれは偽物の墓地だった！

サコヴァ商会の前を通りかかったとき、黒人の女たちがひしめくカウンターの奥に支店長の姿がちらりと見えた。ふたりは互いに無気力に手を挙げて挨拶を交わした。

そのとき、彼の心を締めつけたのは、もはや遠い異国の地に身を置く不安だけではなく、虚無感だった。ここにいても無駄である！　毛穴という毛穴から侵入してくる灼熱の太陽に抵抗するのは無駄！　毎晩吐き気をこらえながら飲まなければならない、あのキニーネ[9]も無駄！　ここで暮らして、そして死んで、四人の半裸のニグロの手で偽の墓地に埋葬されるなんて、空しすぎる！

「どうしてガボンに来ようと思ったのですか？」総督の声がよみがえった。

自分は、どうしてここに来ようと思ったのか？　ほかの人たちは？　あるいは、後任者が来たら銃殺すると脅していた、例のジャングルの奥地のサコヴァの駐在員は、どんな理由から？

八月だから、ラ・ロシェルではいま時分、港の入口に近いタマリスクの木に囲まれたビーチで若い男女の群れが砂の上に寝そべっていることだろう。

「ティマール？　彼ならガボンへ行ったよ」

「運のいい男だな！　外国旅行なんてイカしてるじゃないか！」

9　マラリアの特効薬で強い苦みがある。

どうせそんなふうに噂されているに違いない！　こっちは鉛色の景色の中を、だるい足を引きずりながら歩いているところだというのに。帰国するか……。ふとそんな考えが過ったが、彼は遠慮がちにそれを押しやった。

彼が、未来の上院議員候補、ガストン・ティマール県議の甥であることは事実である。しかし、口にはしなかったが、父親は薄給の役場の職員であり、経済的な事情から、彼は大学を中退せざるを得なかった。同じく経済的な理由で、友だちと一緒にカフェやカジノに通うこともかなわなかった。ティマールを内陸部の任地まで連れていってくれるはずの小舟が、原住民のピローグに交じって、まだ砂の上に転がっていた。修繕する人もいなければ、もとどおりにしようと心を砕く人もいないらしい。

突然――自分でもびっくりするほど唐突だったが――、ティマールは意を決し、みずからの大胆さに呼吸を忘れそうになりながら、行動に出た。海に面した場所に、車や機械や船の修理をする工場がある。中に入ると、白人の男が運転席に座り、黒人たちに車体を押させて、古い車を動かそうとしていた。

「あそこにある小舟を修理していただけないでしょうか？」

「修理代は？　サコヴァ商会が出すとでも？」

男は人差し指を振り、修理するつもりがないことを示した。

「いいえ、ぼくが持ちます！」

「無茶ですって！　千フランはかかりますよ？」

得体の知れない力になおも駆りたてられ、ティマールは自分がやらずに誰がやるのだとばかり、勇んで財布を開いた。

「ここに千フランあります。いまここで払いましょう。その代わり、急ぎでお願いします！」

「三日で直しましょう。なにか飲みますか？」

「いただきます」

賽は投げられた！　三日後に小舟が直り、ティマールは自分のポストを獲得するために出立する。それを征服と言わずしてなんと言おう。

彼は覚悟を決め、きびきびとした動きでホテルのドアを押した。ホールの中はがらんとして、アフリカの建物にはお馴染みの薄闇に沈んでいた。テーブルの上にはすでに昼食用のカトラリーが並べられていたが、カウンターにアデルの姿があるだけだった。

席に着く前、ティマールはアデルの顔を見もせずに告げた。

「三日後にここを発ちます」

「まあ！　お故国《くに》のほうに？」

「ジャングルです！」

その言葉を口にするのは実に爽快だったが、アデルの唇には曖昧な笑みが浮かんだだけだった。ティマールは気分を害し、隅の席に行って腰を下ろすと、すでに二回読んでいる新聞に目を通すふりをした。彼女はティマールの相手をすることもなく、あちこち動き回り、厨房に指示を出したり、酒瓶を並べたり、現金出納帳を開いたりとせわしない。

ティマールは癪に障り、どうしても彼女を困らせたいと思った。話しだしてすぐに、自分がヘマをしでかしたことに気づいたが、出した言葉を引っこめるわけにもいかなかった。

「薬莢が回収されたって話、知っています?」

「あら、そう」

「トマを撃った銃弾の薬莢ですよ」

「言われなくてもわかります」

「そのわりには驚かないんですね」

彼女はこちらに背中を向けたまま、酒瓶を並べている。

「じゃあ、どんな反応を返せばいいのかしら?」

客のいない客席を挟んで、言葉の応酬をする。光と影の筋が幾重にも映しだされた室内は、空気がじっとりと湿っていた。またしても、アデルに対する突発的な欲望が頭をもたげ、ティマールは屈辱を覚えた。

「用心したほうがいいですよ」

彼女を脅すつもりはない。けれども、少しばかり怖がらせたかった。

「エミール!」

返事をする代わりに、彼女はボーイを呼んだ。ボーイがすぐに駆けつける。

「テーブルにワインのカラフを出しておいて」

ボーイはさっそく、ふたりのあいだの客席を順繰りに回っていったが、テーブルからテーブルへと移動するその白い服が目に痛いほど眩しかった。

やがて樵夫たちが姿を見せ、それからマリタン、公証人の書記、イギリス人のセールスマンが続々と入ってきた。いつもの食事時のような雰囲気が戻ってきたものの、前夜からいろいろとあったせいで、客たちは声を潜めてしゃべり、笑うときも喉の奥で押し殺すように笑った。

その中の誰よりも、ティマールは顔がやつれ、どんよりとした目をしていた。

その晩、ティマールは最後まで居残り、隅の席で新聞を読んでいるふりをした。最初に引きあげたのはマリタンだった。樵夫たちは十時まで公証人の書記とカードに興じ、それからだらだらと帰っていった。ボーイが鎧戸を閉めて戸締りをし、一部を残して照明を消した。その間《かん》も、ティマールはアデルに話しかけず、顔を見ようとさえしなかった。

それでも、ドアや窓が閉まって、ふたりきりになってしまうと、親密性がぐんと増した気がして、彼はその感覚を楽しんだ。

アデルはカウンターの中にいて、引き出しに鍵をかけていた。彼女はティマールの心中を察しているのではないか？　ティマールのことを見ているのではないか？　食事の最中も終わってからも、ちらちらと見ていたのではないか?

ボーイの声が聞こえた。

「マダム、終わりました!」

「いいわ。もう寝なさい」

彼女はロウソクを点した。そろそろ発電機が停止するからだ。ティマールは未練を感じながら席を立ち、カウンターに向かった。見計らったように、彼女はロウソクを手にカウンターを離れると、ドアを出て階段の前に立った。

「上に行きましょうか」

そう言われると、ついていくしかなかった。彼女はティマールの先に立って階段を上がっていった。ドレスの裾が花開くように広がり、なにも着けていない太ももが見えた。踊り場で彼女が足を止めたので、彼は口ごもりながら尋ねた。

「ええと……どの部屋に……」

「もとの部屋に戻ってもらいますけど……」

そこは最初の数日間寝泊まりし、一度だけ朝に彼女と結ばれ、そして、棺を安置するという理由だけで、追い出されてしまった部屋だ! 彼女が燭台を差し出した。おとなしく受け取れば、それきりになってしまうことはわかっていた。彼女は自室に引き取ってしまうだろう。そしたら、こちらもベッドに入らざるを得なくなる。ティマールがうじうじしながら、ぎこちなく突っ立っていると、彼女は燭台を軽く振って、受け取るように合図した。

「アデル！」

その先が続かなかった。自分でもどうしたいのかわからない！　彼はわけもなく駄々をこねる子どものようだった。いや、それよりも彼は自分がかわいそうな、なにからなにまでかわいそうな人間に思えた。だが、これといって彼にかわいそうなところはない。

ロウソク越しに見るアデルの表情はよくわからなかった。けれども、彼女がティマールの部屋の前まで歩いてドアをあけたとき、ふっと口もとを綻ばせる気配がした。彼女はティマールを先に通し、ドアを後ろ手に閉めると、化粧台に燭台を置いた。

「なにがお望み？」

ひょっとして、ロウソクの光だからこそ、ドレスの下の体の輪郭がくっきりと際立つのかもしれない。黒い絹の表面に炎が赤く反射している。

「ぼくは……」

昨夜のように、ティマールは手を伸ばし、彼女の体に触れはしたものの、あえて抱き寄せようとはしなかった。彼女は彼を押しのけず、わずかに身を引いただけだった。

「自分が一番わかっているんでしょう？　あなたは三日後に出発しないわ。さあ、ベッドに入ったら？」

そう言いながら、彼女は服を脱いでいった。それから、蚊帳をたくし上げて、シーツをマットレスの下に折りこみ、枕をはたいて膨らませた。いっぽう、ティマールは上半身だけ裸になり、ズボンを脱ぐのをためらっていた。

　いつもそのベッドで枕をともにしているかのように、彼女は先に横になり、ゆったりと彼を待った。

「灯りを消して」

5

目覚めたときにはすっかり落ち着いていた。目をあけないうちから、隣にアデルがいないことはわかっていた。彼は手でシーツの上を探り、微笑んで、館内の物音に耳を澄ました。ボーイがホールで掃き掃除をしている。アデルはカウンターの中にいるに違いない。彼はゆっくりと起きあがり、まずは窓の外を見て、つぶやいた。

「雨になりそうだな」

ヨーロッパにいるみたいだ！　ヨーロッパにいたときのように、傘を持っていかなければならないことを考えると、一瞬、彼は顔をしかめた。空はどんよりとして、一面鈍色だった。五分もしないうちに豪雨になりそうな気がしたが、太陽が出ていないのに、その灼熱の余韻が感じられた。どうやら雨は降らないらしい！　少なくともあと半年は降らないだろう！　ここはガボンなのだ！　そう思うと、ティマールは諦めたように、多少いまいましい思いで笑いながら、化粧台に近づいた。

昨夜はろくに眠れなかった。半醒半睡の状態で、幾度となくうっすらと目をあけては、隣にいる乳白色の女の姿を認めた。彼女は頭の下に手を置いて、寄り添うように身を横たえていた。

アデルのほうはちゃんと眠れたのだろうか？　ずっと右を向いたまま寝ていると息がしづらいのを察し、二回、彼女はティマールの体位を変えてくれた。彼が最後に瞼を持ちあげたときには、夜が明けていて、彼女はドアのそばに立ち、ヘアピンを落としていないか、足もとを見回していた。

ティマールは頭を振って水気を飛ばし、タオルで拭いてから、鏡の中の疲れた顔をのぞきこんだ。些細なことで悩んでいたが、いまは考えたくなかったし、解決するにはいかんせん女性経験が乏しすぎる。前の晩、確かにアデルはティマールに尽くしてくれた。いや、それどころか、あまりにも尽くしすぎるように見えた。厳密に言うと、それは彼のためであって、自身のためではなかったように思う。

たぶん、一睡もしていないはずだ。目をつむることもなく夜通し寄り添い、手枕で横になったまま、暗がりのなか、まっすぐ彼のことを見つめていたに違いない。だが、それがなにを意味するのだろう？

もうこれ以上気を揉みたくなかった。ティマールは顔を洗い、腹をくくった。なりゆきに任せよう。なにかあったら、それを受け入れればいい。

ティマールは階下に降りた。曇っているせいで、余計に蒸し暑いのだと思い知った。十歩かそこら歩いただけで、全身がじっとりと汗ばんだ。カフェのドアをあけると、アデルはカウンターにいて、口に鉛筆を咥えていた。どうしたものか戸惑いつつ、彼は手を差し出した。

「おはようございます」

彼女は挨拶代わりに睫毛をパチパチさせて、鉛筆の芯を舐め、勘定書に書きつけた。

「エミール！　ティマールさんに朝食を」

彼女が真剣な面持ちでこちらを見つめているのを、ティマールは二度、目の端で捉えた。おそらく本人はそのことに気づいていない。

「お疲れではなくて？」

「大丈夫です」

彼女はレジスターの引き出しを閉め、カウンターの上の書類を片づけてしまうと、ティマールが食事をしているテーブルまでやって来て腰を下ろした。彼女がそんな行為に出るのははじめてだった。口を開く前、彼女はためらうように再び彼を見つめた。

「伯父さまとは仲がよろしいの？」

まさか、彼女の口からそれを聞くとは……。ということは、彼女までもが有力者の伯父に関心があるのか？

「仲はいいですよ、とても。伯父はぼくの名付け親なので、むこうを出る前に挨拶に行きました」

「伯父さまはリベラル？　保守派？」

「人民民主党とかなんとかいう党です」

「サコヴァ商会が破産か、破産に近い状態だってことは、あなたも知っているでしょうけど」

ティマールは啞然としながら、コーヒーをすすった。いま、目の前でひと言ひと言慎重に話しているこの女性は、本当に昨夜ベッドを共にした相手なのか？　この腕で抱いたアデルという女性とはあまりにもかけ離れてはいないか？

館内には互いの距離が一番近く感じられるような雰囲気が漂っていた。営業前の掃除やこまごまとした準備に追われる時間帯である。四百メートルほど先にあっても、原住民の市場からは賑わいが聞こえ、腰にパーニュを巻いた女たちが瓶やらバナナの葉で包んだ食べものやらを頭に乗せて通っていく。

アデルは色白だった。肌理の整った、脂の浮いていない、その滑らかな肌をずっと保ってきたに違いない。日光には晒さないようにしているかに見える。そして、その目は、若いころも同じように瞼に細かい皺があったのだろうか？

六歳のとき、ティマールは強い恋心を抱いたことがあり、いまもなおその記憶を引きずっている。片思いの相手は小学校の女性教師だった。というのも、当時、彼が住んでいた村では、初等教育を終えるまでは男女共学だったからだ。その先生もやはり、いつも黒い服を着ていて、厳しさと優しさの入り交じった表情を湛え、なにより激情に駆られるティマールとはかけ離れた落ち着きがあった。

たとえば、いまも、彼はアデルの手を取り、まっすぐ目を見つめ、痴れ事を並べ、昨夜のことをほのめかそうとしたところだ。だが、彼女の顔に宿題の採点をしているときの先生の顔が重なって、なにを言っていいかわからなくなり、顔を赤らめた。そのくせ、これまで以上に彼女に対し欲情を覚えていた。

「要するに、あなたは一スーも稼げないまま、フランスに戻らざるを得なくなるかもしれないってこと！」

ふつうなら、それは不愉快で厭味ったらしい文句に聞こえたかもしれない。それをどういうわけか、彼女は思いやりのある助言に変えることができたのだ。彼女は言葉や仕草では示せない彼女ならではの優しさで彼を包みこんでいた。

ボーイがバーカウンターの銅の手すりを磨いていた。アデルはまるではるか彼方を見るようにティマールの額を見つめた。

「その代わり、三年で百万フラン稼げる方法があるわ」

繰り返すが、ほかの人間がそう言ったのであれば、とても我慢できるものではなかっただろう。彼女は立ちあがると、カフェの中を行ったり来たりしながら、さらにはっきりとした口調で話した。一定の間《ま》を置きながら発せられる明確なひと言ひと言に合わせて、床石の上を歩くハイヒールの音がリズミカルに響く。アデルのその奇妙な声は、人によっては品がないと思うかもしれないが、ひじょうに個性的で、内にこもったり、安っぽい音楽のような裏声になったりしながら、彼女の微笑みにとてもよく調和していた。

彼女はなにを話しているのか？　話とは関係のない印象が交錯する。いつも列をなして道を歩いている黒人の女たち、ボーイの白いズボンからのぞく筋肉質のふくらはぎ、どこかで調整をしているディーゼルエンジンの息つきを起こす音……。さらには、言葉から連想されるイメージも。樵夫たちの話題に移ると、即座にマリアの小屋の石油ランプに照らし出されたブイユーの顔が思い浮かんだ。

「あの人たちは土地を買わず、政府から三年の定期借地権を取得しているの」

なぜ、彼女を見ていると同時に、朝、空寝をしているときに目にしたヘアピンを探す彼女の姿がよみがえってくるのか？

彼女は棚に並んだボトルの中からカルヴァドスを選び、テーブルにグラスをふたつ置いて、なみなみと注いだ。彼女はノルマンディーの人なのだろうか？　彼女がアップルブランデーを飲むのを見るのはこれで三度目だ。

「最初の入植者たちには三十年かそれ以上、永代使用権まで与えられていたわけなのよ」

永代使用権——その言葉は彼女が話しつづけるあいだもずっと耳の奥に留まり、そこから連想されるものを探したが見つからなかった。

「原則として、その入植者たちの死後、土地は国に返還されることになるのだけど……」

彼女はストッキングもショーツも穿かない主義なのだろう。こんなに真っ白な脚はめったにお目にかかれるものではない。ティマールはその脚から視線を逸らさなかった。むこうが意を決したかのように、こちらを見ているのがわかったからだ。

黒人の男がひとり入ってきて、カウンターの上に魚を置いた。

「よさそうな魚ね！　お代はこの次に払うわ」

彼女は錠剤を飲みこむように酒をあおると、顔をしかめてみせた。

「二十八年前からここに住んでいるトリュフォーっていう人がいて、原住民と変わらない暮らしをしているの。黒人女と結婚して、子どもも十人だか十二人だかいるんだけど、その人が憤慨していてね。いまじゃ、船外機付きのボートがあれば、リーブルヴィルから彼の借地までたった一日しかかからないからって」

ふたりの視線が出会った。こちらがろくに話を聞いていないことなど、すっかりお見通しのようだが、彼女の顔にはわずかに苛つくような表情が浮かんだだけだった。かつて生徒が授業に集中しなくても、最後まで授業を通した先生と同じく、彼女は動じることもなく、先を続けた。

同じような雰囲気のもと、気が散ってしまうのも、ほかのことがしたいという気持ちも、そして、結局諦めるしかないというところまであのころとそっくりである。トリュフォーという人物に対し、ティマールは、有色人種の子どもたちに囲まれた、旧約聖書に登場する族長のようなイメージを持った。

「十万フランあれば……」

所持金三千フランのうち、千フランを修理工に渡している自分の姿が目に浮かんだ。修理工はいま、小舟の修理にかかりきりになっているはずだ。

「彼の長男がヨーロッパの学校で勉強したがっているの」

アデルの手がティマールの手の上に重ねられた。少しだけ、少しのあいだだけ真剣に聞いてほしいの、と頼んでいるようだった。

「お金はわたしが工面する。あなたには、お力添えをいただきたいと、伯父さまに掛けあってほしいの。植民地大臣は伯父さまと同じ政党だから。伯父さまに口を利いていただければ、例外措置を認めてもらえるでしょうし、それに……」

改めて彼女を見ると、本人は先ほどカウンターでしていたように鉛筆の芯を舐めつつ、一音節ずつ声に出しながら紙に書きつけている。

さこゔぁ倒産シソウ STOP[10] 食ベテイケズ STOP 稼ゲル事業始メル STOP とりゅふぉーノ土地使用権ノ名義変更シタイ STOP 譲渡手続ニ特別ナ許可必要 STOP ぱりデ植民地大臣ノ許可取ッテキテ STOP 噂ニナル前ニ大至急 STOP 事業ノ協力者ハ確保 STOP ドウカ稼ガセテ STOP アナタガ頼リ STOP きすヲ送リマス

最後の文句にティマールは失笑を禁じ得なかった。アデルは知る由もないだろうが、ティマール家では男同士でキスの挨拶をする習慣はないのだ。伯父に対しても、そんな馴れ馴れしい口の利き方はしない。

さらに、彼女が書いているあいだじゅう、彼は優越感に浸っていた。今度はこっちが笑う番だと、憐れむような笑みさえ浮かべて。なぜなら、彼女の振る舞い、鉛筆の先を舐めながらいちいち声に出して文字を綴る仕草に、彼女に学がなく、生まれも育ちもよろしくないことが見てとれたからだ。

「だいたいこんなもんかしら？」

「ええ、だいたいいいでしょう。あとは、二、三、手を入れるくらいで」

「じゃあ、直して！」

それから、彼女はなにか用事があるようにカウンターに戻った。彼女が再びそばに来たとき、彼は信じられない思いで、書き直した電報を読み返していた。あとになったら、いつ決まったのかもうやむやになるだろう。そもそも、これは決まってしまったことなのか？　いずれにしても、電報はボーイが昼前に郵便局に出しにいった。もちろん、電報料金はアデルがレジの中から出して渡していた。

「これからどうすればいいか教えるわ。総督を訪ねなさい」

朝からずっと外に出ていなかったので、彼はこのチャンスに飛びついたが、総督を訪ねるつもりはなかった。とにかく、着替えることにした。シャツが汗でぐっしょり濡れていたからだ。

町中にどんよりと濁った光がみなぎり、日差しがないのにどういうわけか、うだるような熱気がたちこめていて、いつにも増して不快だった。市場に群がる黒人たちの顔も汗でてらてら光っている。

10　電報などで終止符の代わりに使用される用語。

無意識のうちに雷鳴が轟くのが待ち望まれた。だが、望んでも無駄なのだ！　雷雨どころか一滴の雨粒も拝めない、嵐の前を思わせるこの蒸し蒸しする陽気が、まだ何日も何週間も続く。頭の汗を拭うのに、思いきってピスヘルメットを脱ぐこともできないのだ。

そっぽを向いて総督邸の前を素通りしかけたとき、石段の上から警察署長に呼び止められた。

「寄っていきませんか？」

「署長さんはご用があるのでは？」

「帰るところです。せっかくですから、総督と一緒にウィスキーをいただきましょう。総督もお喜びになりますよ。きみのことをいろいろと話されていましたから」

ねっとりとまとわりつくような空気とは裏腹に署長は抜く手も見せず、ティマールはあれよあれよという間に中に導かれ、気づくと広々としたサロンにいた。まさにラ・ロシェルやナントやムランの知事公邸と変わらない造りのサロンだった。二、三頭のヒョウの毛皮がエキゾチックな味わいを添えているかと思うと、その対極をなすように、壁にはタペストリーが飾られ、床にはパリのサンティエ通りの風景を織りこんだ絨毯が敷いてある。

「おや、あなたでしたか！　ようこそ！」

総督夫人も同席した。四十がらみで、目を引くような容姿ではない。おもてなしの心得があり、男たちの話にひたすら耳を傾ける育ちのよさそうな奥方である。

「ラ・ロシェルのご出身でいらっしゃるのね？　義理の弟が県庁で公文書管理を担当しているので

すけど、ご存じかしら？」

「義理の弟さんですか？」

ウィスキーが運ばれてきた。総督はやや脚を広げて座っていた。夫人とは何度か視線を交わしている。ティマールは、総督が来客を歓迎する理由がわかった。要は無類の酒好きなのだ。夫人のほうはあまり飲まないらしい。だから、客が来ると、絶えず相手のグラスに酒を注ぎ、ついでに自分のグラスを満たすのだ。

「乾杯！　それで、結局どうするおつもりですかな？　サコヴァ商会はいよいよ危なくなってきていますよ。これはここだけの話ですが……」

雑談は十五分ほど続いた。殺された黒人や捜査状況についてはひと言も触れられなかった。またも昼前から酒を飲んで、ティマールは頭がぼんやりしていたが、それがまた心地よくも感じられた。脳が麻痺すれば嫌なことも忘れられるというものである。

ホテルに戻ると、常連たちからあからさまに好奇の目で見られたが、それはたぶん総督邸で酒をご馳走になってきたからだろう。彼を横目に、樵夫たちが話を続ける。

「……百フランやって、ケツに一発蹴りを入れたら、あの野郎、喜んで引っこみやがったよ……」

あとで知ったことだが、ジャングルで乱痴気騒ぎをした夜のツケを払わされたという話だった。マリアの亭主が騒ぎ立てた挙句、公証人の書記に手紙を書かせて国連に通報すると脅してきたらしい。でも、まさか〈百フランやって、ケツに一発蹴りを入れた〉とは！　彼らはティマールにはあえて声をかけずに、五人で二十フランずつ出しあったようだ。

ティマールは五時まで昼寝をしてから階下に降りた。胃がむかむかするので、ウィスキーを二杯あおると調子がよくなった。

「総督はなにか言っていなかった？」アデルが尋ねた。

「これといってとくに」

「トリュフォーさんのところにニグロを使いにやったわ。こちらは取引の準備ができていますって」

「こちらはまだなにも……」

「話がつかなかったら、もう一度使いを出せばいいだけのことでしょうよ」

ティマールはぎょっとして彼女をまじまじと見た。それでも、相手がいかにも女らしい女性であり、柔肌の丸みを帯びた輪郭のしなやかな体をした女性であることには変わりなかった。

夕食前に彼は海辺に行って、修理中の小舟の様子を確かめた。

「二日後には出発できますよ」修理工が請け合った。

昼と夜の境目が判然としないまま、海と空は毒々しい緑に染まっていた。灯りが次々と点されていった。ディナータイムとなり、やがて、樵夫たちと太鼓腹の公証人の書記のあいだでビリヤードやトランプが始まった。

マリタンが話しかけてきた。

「チェスをやりませんか？」

「ええ……いや、今日は遠慮しておきます……」

「具合でも悪いとか？」

「それがよくわからなくて……」

どこにいても気まずさを感じ、身の置き場に困った。居たたまれない気持ちのまま、ティマールは、今晩アデルに対してどう振る舞ったものか考えた。

ごく自然にふたりで同じ部屋に入り、同じベッドで休むことになるのだろうか？　それがあたりまえになってしまったような気がするうえ、なにより、四日前にはウジェーヌの棺がその部屋に安置されていたこともあって、ティマールはぞっとした。

そのくせ、アデルの姿が見えなかったり、客が彼女の名前を呼んだりすると、我慢ならなかった。

結局、彼女からは説明してもらわないといけないように感じた。だが、説明を求める勇気はないし、こちらからトマの話を切り出すこともできそうになかった。トマを殺したのは彼女なのか？　たぶんそうに違いない。けれども、憤りはなかった。ただ、どんな理由があって殺したのか、なぜ平然とした顔でいられるのか、それが知りたかった。

カフェは四つの電灯に照らされて、球を撞く音やカードに興じる声が響きわたり、田舎でよく見かけるような大人たちのたまり場といった雰囲気を漂わせていた。ティマールはさらに酒を二杯お代わりし、アデルが客たちの給仕に追われているすきに、階段に向かった。

「お先に。おやすみなさい」

アデルが顔を上げた。ほんの一瞬、優しさと皮肉がこめられた不愉快な微笑がちらりと見えた。彼女はティマールを嘲笑っていた。彼が逃げようとしていることを、そして、その理由を悟られている！　そのことで気を揉むような様子もない。

意外にも、彼はぐっすり眠れた。目覚めたときには明るくなっていた。ベッドのそばに黒いドレスのアデルが立っている。

「少しは気分がよくなって？」

「えっ？」

気分がすぐれなかったことをどうして知っているのだろう？　彼女は最初のときのようにベッドのへりに腰かけた。あのときはまだウジェーヌもトマも生きていた。ティマールはドレスの上から彼女の体を撫でまわし、ゆっくりと自分のほうに引き寄せた。束の間の抱擁。シャワーを浴びたばかりらしく、しなやかな絹地を通して、ぞくりとするほど冷えきった肌の生々しい感触があり、抱擁は長く続かなかった。

「そろそろ下に行かないといけないわ」

それから二時間が経ち、ようやく彼は階下へ降りることにした。ぐずぐずと身支度をするうちに、母と妹が荷物の中に紛れこませたこまごまとした品――指貫とかカラフルな糸巻のセットとか、突拍子もないありがた迷惑な代物――を整理するのが楽しくなってきてしまったのだ。

「むこうに行ったら、自分で繕い物をすることになるんですからね！」

ボタンまでひと通り揃っていた。母たちはラ・ロシェルの小間物屋まで買いに行ったに違いない。店主にはこんな話をしていたのだろうか。

「うちの息子のためなんですの。来週ガボンに発つことになっておりましてね。あちらでは、女手もないことでしょうし……」

階下に行き、アデルと二言三言言葉を交わし、食事を済ませると、ティマールは警察署長に会ってくると告げた。

「いいんじゃない?」アデルは言った。

署長室に通されると、いつものようにウィスキーのグラスが出された。

「ホテルのほうは、なにか新しい動きでもありましたか? なぜ捜査が進展しないのか、みんなは疑問に思っているでしょうね」

「とくになにも聞いていませんが」

「トマの父親が田舎から出てきましてね。弁護士事務所に二年いたとかいう現地人の見習いが父親の擁護を引き受けて、ことを荒立てようとしているんですよ。いくらかわかりませんがね、損害賠償を請求するつもりだとか。ところで、マダムに新しい男はまだできないのかな?」

「さあ……」

「まあ、わかるはずもないか。あなたも、きれいごとばかりでは済まされない現実に目をつむることができれば、ここで二十年は暮らしていけますよ」

昼食。思考力を低下させてしまうシエスタ。アペリティフ。夕食。この日もまた、ティマールはカフェの営業が終わる前に部屋に引きあげた。そして、ベッドに横たわり、客たちが話したり、球を撞いたりするのに耳を傾けた。やがて、カウンターで小銭を数える音がして、ボーイが戸締りをするのが聞こえ、最後にアデルが階段を上がってきた。ティマールは迷ったが、起きあがる気にはなれなかった。かといって、すぐには寝つけず、湿ったシーツの上で二時間余り輾転《てんてん》とした。

午前十時、ティマールがまだ眠っていると、部屋のドアが勢いよくあいた。アデルが中に入ってきて、右手に持った電報を差し出した。

「伯父さまから返事が来たわよ！　早く読んで！」

ティマールは寝ぼけまなこで開封した。パリからの打電だった。

譲渡許可スグ下リタ STOP 共同経営及ビ資金源ニツイテハ慎重ヲ期スベシ STOP りーぶるゔぃるノ公証人ニ委細相談ノ上承認ヲ得テカラ署名サレタシ STOP 成功ヲ祈ルノミ STOP がすとん・てぃまーる

伯父が喜んでいるのか、怒っているのか、それとも、心配しているのか、そんなことはティマールにはわからない。ただ、雲行きが変わったことははっきりと感じとれた。それはアデルの態度に表れていた。これまでの彼女はどことなく慇懃無礼だった。ところが、いまや感嘆するような眼差しを彼に向けている。感動しているらしく、それが素直に表情に表れていた。彼女はいとおしげに彼を見つめると、いきなり両頰にキスをした。

「もう言葉にできないくらい、あなたってすごいわ！」

彼女は淀みなくしゃべりながら、彼に服を手渡した。

「いま、トリュフォーさんが下に来ているの。ウィスキーをひとケースかふたケース持たせてやれば十万でいけるわ。あら、ここ、また刺されている」

彼女は前にもそうしたように、彼の右の乳首のすぐ上を指先で触れた。

「女の人みたいな肌ね……。じゃあ、公証人に電話して、日時を決めるわね」

彼女は笑顔で、いそいそと部屋を出ていった。あんなふうに生き生きしている姿を見るのははじめてだ。ティマールは立ちあがり、暗澹たる思いで前を見つめた。一階でグラスのぶつかりあう音がした。たぶん、トリュフォー老人に酒を飲ませ、手なずけようという魂胆なのだろう。

〈資金源ニツイテハ慎重ヲ期スベシ〉

ティマールは髭をあたったが、うっかり肌を傷つけてしまった。アルム石[11]を探したが見あたらず、

11 ミョウバンの結晶で、止血・殺菌・収斂作用がある。

しかたなく頬から血を流したまま階下へ降りた。一階で待っているのは、てっきり薄汚れた毛むくじゃらの森の男かと思いきや、さにあらず。そこにいたのは、糊のきいた背広をこざっぱりと着こんだ白髪の小柄な老人だった。老人は席を立ち、手を差し出した。

「おたくが、その……」

なにをそんなに動揺しているのか？　血が頬を伝って顎まで流れてきたからか？　それとも、今朝の照り返しがいつも以上にきついせいか？　ティマールはあの不安にとりつかれているのを感じた。リーブルヴィルに来て以来、とりわけ、正午の赤土の路上にいるときに二度三度と覚えた不安――ピスヘルメットを被ったくらいではあまりにも心もとなく、すぐにでも日差しから逃れなければ倒れてしまいそうな、あの感じだ。視界がぼやけてきていた。心なしかものが揺らいで見える。いや、対象が揺らいでいるわけではなく、鍋の湯気を通してものを見たときに似ている。

ティマールは小柄な老人を前に突っ立っていた。老人は座りたくてうずうずしている。アデルはといえば、カウンターに肘をつき、ふたりの様子をほとんど野蛮なくらい満足げに眺めている。ボーイは腰掛に乗って壁の時計のねじを巻いていた。

ティマールは額を手で拭って腰を下ろし、テーブルに肘をついた。

「アデル、ウィスキーを！」

注文しながら、自分でもびっくりしていた。カフェの中で、大声でアデルを呼び捨てにしたのははじめてだ。それも、樵夫や公証人の書記たちと同じように自然な調子で。

6

「いい?」組んだ手に顎を乗せ、彼女はティマールの目をのぞきこんだ。

「いいよ!」グラスのシャンパンを飲みほすと、彼は鸚鵡返しに答えた。

「その時間には、むこうに到着していないといけないのよ」

彼女は、相手の様子をうかがいながら、ひと言ひと言区切るようにゆっくりと話した。なにか試されているようで、ティマールは不快に感じた。

「その時間に着いていなかったら、ぼくのせいになるのかい?」彼はむっとして言い返した。

「怒らないでよ、ジョー。そんなこと、ひと言も言ってないじゃないの」

ティマールは病的なくらい過敏になっていた。そればかりか、塞ぎの虫にとりつかれていた。やつれた顔、熱っぽい瞳、きょろきょろと落ち着きのない視線が、それをものがたっている。

「大丈夫かい? おふたりさん」マスターが声をかけてきた。今宵は白い厨房服と洒落こんでいる。

いまやブイユーがカフェのマスターになっていた。町のどぶさらいの仕事まで引き受けていた樵夫からの転身である。アデルとティマールがジャングルの土地の権利を譲り受けたことが知れ渡って何日も経たないうちに、突然、冗談のように取引が成立してしまったのだ。きっかけはある夜のことで、その日は遅くまでカードゲームが長引いていた。アデルが帳簿をつけていると、ゲームに興じていたブイユーがふと話を持ち出したのである。

「なあ、だったら、この店は誰が引き継ぐことになるんだい？」

「まだそこまで考えてないのよ」

「高く吹っかける気かね？」

「どっちみち、あんたには手が出ないわよ」

最初のうちこそ、ふたりでふざけあっていたが、やがて、ブイユーはゲームを抜けてカウンターまでやってきた。

「もしかしたら、なんとかなるかもしれん。飲食の経営は経験がないが、やれそうな気がするんだ」

「じゃあ、明日の朝、話しあいましょうか」

そんな次第で、翌朝、商談は成立した。ブイユーはその場で五万フランを現金で払い、残りの支払いについては書類にサインした。

それが三週間前のことで、この夜がカフェの新しいマスターのお披露目の場となった。厨房服を着こんだブイユーは常連たちにシャンパンを振る舞っていた。ウジェーヌ・ルノーが死んでからはじめて蓄音機から音楽が流れ、客の中には常連に交じってリーブルヴィルの住民の姿もちらほらと見られた。

ティマールとアデルは小さなテーブルに向かいあわせに座っていたが、ふたりのあいだにほとんど会話はなかった。アデルは額に軽く皺を寄せ、心配そうに相手の顔をじっと見つめた。

ティマールは具合が悪いわけではなく、ただ疲れているだけだった。なにしろ、このひと月の忙しさといったら尋常ではなく、いろいろな出来事が目白押しで、生活があまりにも急激に、目まぐるしく変化していくものだから、事の重大さにも理解が及ばなかった。

リーブルヴィルに来てまだ日も浅いのに、気づけば公証人室に座っている始末。隣でアデルが一緒に書類に目を通しながら、削除や修正が必要な箇所を指でさし示す。土地の使用権の名義はティマールになっているものの、ルノー未亡人とのあいだに共同事業契約が結ばれている。彼女は事業に二十万フランを出資し、そのうちの十万フランが使用権の獲得に、残りの十万フランが運転資金に充てられた。すべてが計画どおりに、手順を踏んでおこなわれ、ティマールは異論を挟む余地もなく、差し出された書類ひとつひとつに署名していったという次第だ。

それからというもの、彼にはいくつもの日課ができたが、なにより生活にリズムが生まれ、それが欠かせないものとなった。日課のひとつに散歩があった。散歩のルートはココヤシの木が続く海岸沿いの赤い道で、ティマールはいつも、市場の前まで来るとしばらく休み、次に魚を積んだピローグが接岸している場所でまた立ち止まり、最後に総督邸の前の突堤の上でひと休みする。

炎天下の散歩など楽しいはずもないが、彼は毎日それをノルマのようにこなしては、さて、今日はどこでウィスキーをごちそうになろうか、と考えるのだった。なかでも頻繁に訪れるのが警察の署長室だった。「お仕事中でしょうから、どうぞ、おかまいなく」などと言いつつ、腰を下ろす。

「仕事は終わりましたよ。なににします？　ウィスキーかな？」

署長室の生暖かい薄暗がりのなか、とりとめのない会話が始まる。この状況は、リーブルヴィルの住民が、ジャングルの地権者が交代しティマールとアデルが共同事業に乗り出したことを知る日まで続いた。突然、それまでとは打って変わって、署長が気づかわしげな様子を見せた。署長は光と影が織りなす縞模様を見つめながら、パイプをぷかぷか吹かした。

「知ってのとおり、捜査はまだ続行中で、われわれの見解はなんら変わっていない。正直な話、リボルバーが出てこなくてね。アデルが隠したんですよ！　それでも、いつかそのうち……」

署長は席を立ち、部屋を横切って、ティマールの前までやってきた。

「あなたがとった行動は軽率だったかもしれない。あなたのように将来のある若者が……」

ティマールの態度は一貫していた。彼は相手を見下すような皮肉めいた笑みを浮かべて立ちあがり、ピスヘルメットを摑んだ。

「どうか、おかまいなく」

そう言い残し、もったいぶって部屋をあとにする。相手の視線を背中に感じるかぎりは、堂々とした態度を保ち、自分はちゃんと自覚したうえで行動しているのだという雰囲気を背中に漂わせようとした。

反対の立場をとる以上、当然ながら、敵陣営にあたる総督、警察署長、検事のもとには足を運ぶべきではないだろう。ところが、混乱している本能に突き動かされ、自慢をしたい、もしくは希望を見出したいという欲求にかられて、三者のところへと足が向いてしまうのだ。

総督からはごくあっさりあしらわれた。ウィスキーを立て続けに三杯注がれ、肩をポンポン叩かれる。

「友よ、彼女に入れあげているようですね。わたしは干渉しませんが、およしなさい、手遅れにならないうちに。アデルはきれいな女です。ベッドの上が取引の場でね。あとは神も主もない、あなた次第だ！　おわかりかな？」

ティマールはさも自信があるように振る舞って総督邸の石段を降りるのだった。

検事のところでは対照的に、痛烈なパンチを浴びせられた。待合室で待つあいだ、取次係がティマールもよく知る執務室に入っていくと、検事が声を潜めて話すのが聞こえてくる。

「多忙につきお相手する時間がとれないと、あの人に伝えてください」

耳こそ赤くなりはしたものの、ティマールは動じなかった。自分を見ている人が周りにいないときでさえ、鼻で嗤えるようになっていたのだ。

彼は海岸沿いの道を引き返し、アデルがレジスターの前に立ち、常連たちがいる薄暗いホテルに着く。客として振る舞い、みんなと一緒に食事をするのはこれまでと変わらない。一階にいるときは、けっしてアデルと親密にすることはない。彼はブイユーや片目の樵夫と同じように大声で注文する。

「アデル、ペルノを！」

彼もペルノの味を覚えたのだ。さらにはほかの習慣も身につけて、それは儀式のようになっていた。たとえば、正午はテーブルにつく前にカウンターでザンジ[12]をやり、負けた者がペルノをおごる。夜は夜で、食事が終わるとすぐにふたつのテーブルをくっつけてブロット[13]が始まる。ティマールはゲームに最後まで参加した。ときどき、誰かが叫び、それがティマールのときもある。

「アデル、次はこっちのおごりだ！」

いつのまにやら、ティマールはそんな言い種まで体得していたのである！　常連たちは、ときおり「やつもずいぶん染まってきたもんだ」と言わんばかりに顔を見合わせた。

ティマールも、頭がぼうっとするような熱気のこもるなか、血中のアルコール濃度が高くなってくると、カードを手に何時間もねばっている自分にうんざりすることがあった。そういうときの彼は怒りっぽくなり、目が合うとか、ちょっとした言葉の綾とか、些細なことで腹を立ててしまう。

要するに、彼はもはや当局側と相対する立場にあって、公職者や堅気の連中とは一線を画していたのだ。いっぽう、たとえ二十年その姿勢を貫いたとしても、彼が、カードゲームで未知の言葉を操る樵夫たちや太鼓腹の公証人の書記に似ることはけっしてないと思われた。

戸締りをして、発電機も停止し、ロウソクを手にアデルが先に階段を上がる。毎日のように踊り場で彼は躊躇し、アデルは振り向いて彼を見る。

日によっては、ティマールは「おやすみ」と言う。すると、彼女も「おやすみ」と返してロウソクを寄越し、キスも握手もなく自分の部屋に入る。

そうでないときは、彼から「こっちに来て」と誘う。声には出さず、唇の動きだけで伝えるのだが、彼女は察して、すんなりと彼の部屋に入り、化粧台にロウソクを置き、蚊帳をたくし上げ、ベッドを整えて横たわり、彼を待つ。

「疲れているんじゃない？」

「全然！」

自分では疲れているつもりはなかったが——実際働いていないし、疲れるようなこともしていないのに——、立っているのがやっとだった。疲労は貧血によるものに違いなく、ことに頭がぼんやりして、まるで危険が迫ってくるような漠然とした不安に襲われ、ときには体まで震えてくるという症状が現れた。

調子が悪ければ悪いほど、彼は荒々しく熱狂的にアデルに飛びかかった。そして、彼女を抱きしめながら、答えの出ない問いを自分に投げかけるのだった。彼女は自分を愛しているのだろうか？　愛しているなら、それはどんな愛なのか？　自分はだまされているのか？　いつかだまされるのではな

12　サイコロ遊びの一種。
13　三十二枚のカードで二人から四人でするトランプゲーム。

いか？　なぜ彼女はトマを殺したのか？　いったいなぜ……。

彼はなにも問わなかった。問いかける勇気がなかった。答えを聞くのが怖かった。彼女にご執心だったから。海岸沿いをぶらついているとき、ドレスの下の彼女の裸を思い浮かべるだけで、ほかの男たちが憎らしく見えた。

なにより彼が戸惑ったのは彼女の眼差しだった。しばらく前から、彼女はしきりに彼を見つめるようになっていた。それも、まじろぎもせず見ているのだ！　部屋で灯りを消して彼女を抱くときでさえ、闇に仄白く浮かんでいるに違いない自分の顔にじっと視線が注がれるのがわかった。食事中もカウンターの中から見守っているし、彼がブロットやザンジに興じているときも、やはり彼女は凝視していた。その眼差しは、あるいは「大目に見てあげる」と語っているのかもしれないが、いずれにしろ、判定をする目つきであることに変わりはない！

彼女は自分をどう思っているのだろう？　彼が知りたいのはそれだった。

「ペルノは飲まないほうがいいわ。悪酔いするから」

それでも彼はペルノを飲んだ。まさに自分が間違っているからであり、彼女の言うとおりだからだ。手続きを済ませるには、パリで発行される文書を待たなければならなかった。その文書は五日前に船便で届いた。その日、ティマールは散歩で突堤に行くのをためらった。ホテルの窓から、フランスの定期船が沖で停泊し、モーターボートが海岸に向かってくるのが見えたからだった。

「ホテルが売れたんだし、明日にでも出発できるわよ」アデルが言った。「ボートで行けば、たった一日で着くわ」

しかし、次の日になり、その次の日になっても、ふたりは出発しなかった。ティマールがその気になれず、口実を作って、なかなか準備に入ろうとしないからだ。


アデルがじっと見つめるので、ティマールは腹が立った。むこうが考えていることがわかるから腹が立つ。彼女はこう思っている。――この人は不安に駆られている。いざリーブルヴィルを離れるとなると、どういうわけか怖気づいて、生活の一部となったささやかな習慣にしがみついている、と。

確かにそのとおりだった。最初のうちはこのカフェが排外的な空間に感じられ、嫌悪を抱いた。それが突然、視点が変わったのだ。いまではカフェの細部まで熟知している。たとえば、明るいグレージュの壁の中央に飾ってある先住民が彫った白塗りの仮面。そういったなんてことのないインテリアが心をときめかせるものとして目に映った。やけに白い仮面に、テンペラで彩色した壁。めったにない絶妙なバランスの配色だ。

ニスが塗られたカウンターだけが唯一、安心できる場所のように見えた。というのも、フランスの地方にあるカフェと同じで、品揃えも、アペリティフやリキュールのブランドも、フランスのそれと変わらないからだ。

朝の散歩にしてもそうである。市場の横を通るときや、浜辺で舟を引き上げる漁師たちの前でひと休みするときも、心安らぐひととときだった。

カフェでは、周囲のテーブルでいつものような調子で会話が飛び交っていた。たまにほかの客が声をかけると、アデルはそのまま動かずに応じた。両手で頬杖をつき、あいかわらずティマールから目を逸らさない。ティマールは不機嫌そうにタバコを吸っては、わざと自分の顔に吹きつけるように煙を吐いた。

「来月入港するドイツの貨物船に積みこむくらいの木材はもう用意できるんだろう？」

「まあね」

アデルはそう答えると、ティマールの顔の前に漂う煙を手で払った。

ブイユーはふざけて、三色徽章を付けた高さ四十センチの仰々しい白いコック帽を得意げに見せつけた。

「親愛なる女神よ、アンブロワジーをお注ぎいたしましょう！　ちなみにこちらのワイン、いくらで仕入れたものでしょうか？　わたくしめが客だった時分は、フルボトルで八十フランお支払いいたしましたが、いまでしたら、いかほどになりましょう？」

客たちが笑い、ブイユーは調子に乗って、わざわざ卑猥なジョークを口にした。

「今宵、マダムはこちらにお泊りでしょうか？　そちらのお若いかたもご一緒で？　おい、ボーイ、こちらのプリンスとプリンセスを鏡の間にご案内してさしあげなさい！」

ティマールだけは笑っていなかった。気を悪くしたというより、体の調子が悪いのだ。まさに有毒ガスでも嗅がされたかのようで、額からは汗がだらだら流れていた。自分がほかの客たちよりも汗をかいていることに気づき、ティマールはみずからの落ち度とでもいうように恥じた。ベッドに入ってから、アデルは何度も身を乗り出して、ティマールの胸をタオルで拭った。

「あなた、熱があるわ！」

彼女の体も火照っていたが、ティマールほどではなく、なにより肌がすべすべのままだった。

「むこうに行けばわかるわ、そのうち慣れるって……」

〃むこう〃とは、ジャングルの奥地のことだ。だが、ティマールはジャングルが怖いわけではなかった。リーブルヴィルに来てから知ったことだが、野生動物が人間を、とくに白人を襲うことはないらしい。ヘビに噛まれて死ぬ人は、落雷で死ぬ人よりも少ない。そして、密林に生きる黒人たちは誰よりも野蛮なようで、その実、誰よりも従順だという。

ジャングルにはヒョウやゾウ、ゴリラ、ガゼル、クロコダイルが生息し、ほぼ毎日のように狩猟者が獲物の毛皮をぶら下げて戻ってくる。町なかで見た虫やツェツェバエでさえ、思わずぎょっとすることはあっても、もうそんなに脅威を感じなかった。

そう、むこうに行くのは怖くない。ただ、リーブルヴィルを離れなければならないのだ。ホテルや、光と影が縞模様を織りなす部屋、赤土の海岸通り、ココヤシの並木が続く海辺、果ては、彼が苦手なものすべて――ペルノを賭けたザンジも然り、カルヴァドスを賭けたブロットも然り――ともお別れすることになる。それらは、最終的に彼がなじめる環境を形成したのであり、彼は持ち前の適応力の高さで、やすやすとその環境に身を置いて暮らしてきたのだ。

環境を変えることは大事である。なぜなら、彼はすっかり怠け者になっていたからだ。髭を剃るのも週に二回で、椅子に座って前を見つめ、何時間もぼーっとしていることもあった。満を持して大好きなラ・ロシェルを勇んで出発したときも、いざ汽車が動きだし、見送る両親がハンカチを振るのを見ると、さすがに少し切なくなったものである。ところが、そんな彼でも、このリーブルヴィルを離れることはできないのだ！　彼はこの地に根を下ろしつつあった。錨地に停泊する定期船を見たときでさえ、帰りたいとは思わなかったが、それでもやはり、そのあとの二日は、憂鬱になっていた。

なにもかもが嫌になり、なによりそんな自分が嫌だったが、この嫌悪感や気だるさは必要でもあった。だから、アデルの執拗な視線に長時間耐えつづけているのだと思うと、彼は意地の悪い気持ちになった。彼女にはお見通しなのだ！　わからないことでも当ててしまう！

なぜ、彼女は自分を愛しているのか？　あるいは、愛しているふりをするのか？

「ぼくは寝るよ！」と言って、彼は立ちあがった。

彼は客たちを見渡した。みんな、すっかり酔っぱらっている。今夜は閉店を待たなくていい。アデルはもうカフェのオーナーではないのだ。発電機を止め、戸締りをして、最後にロウソクを持って二階に上がるのはブイユーなのだ！

「みなさん、お先に！」

アデルもつられるようにして立ちあがった。それをまるであたりまえのようにやってのけたので、彼女はその晩はじめて満足そうな表情を浮かべた。

「みんな、お元気でね！」

「だったら、お別れのキスくらいしたっていいじゃないか！　明日の朝、おたくらが出発するときには会えないかもしれないんだからさ」

彼女はテーブルを回って、客たちひとりひとりに頬を差し出した。片目の男などはひときわ興奮して、キスをしながら胸に触ったが、彼女は気づかぬふりをした。

「もう行く？」彼女はティマールのそばに寄って言った。

カフェの喧騒をあとに、ふたりは階段に向かった。背後では客たちががなりたてるようにしゃべっている。ふたりが休む部屋は前と変わらず、ティマールがアフリカに上陸して最初に泊まった部屋である。

「今夜のあなた、顔色がよくないわ。気分でも悪いの？」

「ぼくなら、元気そのものさ！」

毎度のごとく、彼女はまず蚊帳をたくし上げ、サソリやヘビが入りこんでいないか確かめてから、ベッドメイクをし、枕をはたいて膨らませた。最後に、いつものようにしなやかな身のこなしでドレスを脱いだ。

「五時に起きるわよ。日が暮れないうちにむこうに着きたいから」

ティマールはネクタイを外し、鏡をのぞきこんだ。ロウソクの仄暗い光に照らされて、粗悪な鏡面に映った顔は瞼がむくんでおり、なによりそのせいで不気味に見えた。

ウジェーヌのことが思い出された。ティマールの倍ほどもある、がっしりとした体つきの男だったが、あのパーティーのときには、しわがれた声で住血吸虫症の感染を仄めかし、いまにも死にそうな様子だった。

振りむくと、裸になったアデルがベッドのへりに腰かけて、靴を脱いでいた。

「ねえ、服を脱いだら?」

アデルに促されても、ティマールは別のことを思案していた。

〈ウジェーヌは死んでしまったが、アデルはここにいる〉

出発の決断ができず、ティマールはどっちつかずの態度を取ろうとした。縁起でもないことが頭を過り、少し不安になったのだ。アデルと一緒にむこうに行ったら、自分はウジェーヌのように死んでしまうのではないか? そしたら、きっと彼女は新しい男とこの部屋で……。

彼は服を脱ぎ捨て、ベッドに近づいた。

「灯りを消してくれない?」

彼は戻ってロウソクを吹き消した。

「明日の朝、何時起きだって?」ベッドをギシギシいわせながら、彼は尋ねた。

「五時よ」

「目覚まし時計はセットした?」

彼はアデルに背を向け、体を横たえた。ちょうどいい枕の当てかたを模索していると、背中に彼女の熱い柔肌を感じた。彼女がなにも言わないので、ティマールも黙っていた。自分のほうから話しかけたくないので寝たふりをしたが、目はあけたままだった。五感が冴えていて、彼女も眠らずにいるのがわかった。どうやら彼女は仰向けに寝て、灰色の天井のぼんやりした光沢を見つめているようだった。

そのままどんどん時間が過ぎていき、さすがに彼も意識が朦朧としてきた。

「おやすみなさい、ジョー」

その声を夢うつつに聞き、彼はびくっとして身を固くした。アデルの声とはまったく違う気がした。なにかが変だ。三分ほど経過したように思えたころ、かすかにベッドが揺れていることに気づいた。彼はぎこちなく天井を向いて起きあがり、闇のなかを探るように見つめた。

「泣いているの？」

嗚咽が聞こえて、彼は口をつぐんだ。彼女はやっと気持ちをおもてに出すのを許されたかのようにむせび泣いている。

「横になって」彼女が涙声で訴えた。「こっちに来て……」

彼女は彼を横たわらせてその体に腕を回し、すすり泣きながら切なげに囁いた。

「意地悪。どうしてそんなに意地悪するの？」

7

空が白みはじめると、アデルとティマールと荷物を乗せたボートは突堤を離れた。船着場まではブイユーがトラックで送ってくれた。まだ薄暗い波止場に車を停め、運転席からブイユーが手を振っている。いきなり最初のうねりが襲いかかり、ボートは波の谷間に運ばれてから浮きあがり、再び谷へと引きこまれた。

まだしばらくは海である。河口まで行くには、次々とうねりを乗り越えていかなければならない。舵を取るのは古いピスヘルメットを被ったニグロだ。黒い綿の海水パンツにラシャのブレザーという なりだが、なぜか滑稽には見えない。まっすぐ前方を見つめるその顔は無表情で、操舵する手は体のほかの部分よりも白っぽい。

アデルは足を踏んばり、ブイユーのトラックが見えなくなるまで立っていたが、やがて船尾に腰を下ろした。虫よけのため、柔らかいブーツこそ履いてはいたものの、服装は普段のままである。

いまがいちばん辛いときだった。ふたりはかなり早くから起き出して、暗いなか神経を尖らせながら荷造りをしてきたのだ。いまや海は大きくうねり、ボートは揺れに揺れている。夜はまだ明けきっておらず、空の光は弱々しい。

ふたりは黙りこくって、目も合わさなかった。昨夜の一件にもかかわらず、いや、たぶんそのせいで、お互い他人同士のように振る舞っていた。ティマールの胸にはいやな感触が残っていたが、それはなんとも言い表しようのないものだった。というのも、昨夜の彼は完全に自制心を失っていて、現実からすっかり目を背け、物事をポジティブに捉えられなくなっていたからだ。

「なぜ泣くのさ。ねえ、なぜ?」

彼女にそう尋ねたときでさえ、歯車が噛みあっていなかった。彼は苛々し、ほとんど険悪になっていた。眠かったうえ、理由を聞いたら話が長くなりそうに思えたからだ。

「もう寝なさいよ！　いい加減にして！」

すると、彼はロウソクに火を点し、怒って、アデルを非難した。きみはなにもわかっちゃいないよ。泣きたいのはこっちのほうだ、きみじゃない！　要するに、彼は八つ当たりをしていたのだった。アデルは身を乗り出して、彼のことを落ち着かせなければならなかった。涙と汗で湿った生暖かいベッドの上で繰り広げられたこの騒ぎは、彼が謝罪をしたために、なおのこと滑稽な結末を迎えた。

「もういいから、ジョー。目をつむらないと、眠れないわよ」

彼はアデルの胸に顔をうずめ、傷心のまま眠りについた。朝になると、彼はいっさいを忘れており、ふたりのあいだに甘い囁きなどはなく、むしろ冷え冷えとした空気が漂っていた。

ボートは沖合半マイルほどのところをココヤシ林が続く海岸線に沿って走った。リーブルヴィルの町を過ぎるとボートは向きを変え、数分後、日の出と同時に河口に進入した。

夜が幕を引き、それに伴い、滑稽な振る舞いやぎすぎすした空気はすっかり消えた。ティマールは目を細めてアデルのほうを向き、視界に入るものや風景を愛でた。

「まんざらわるくもないね」

「それどころか、素晴らしいわ」

彼はタバコに火を点け、その瞬間、すっかり楽観主義者の顔つきになった。アデルのほうも相好を崩した。彼女は立ちあがると、彼のそばに寄って一緒に景色を眺めた。いっぽうで、ニグロはまっすぐ前を睨み、超然と舵を操っていた。

水上にはピローグが何艘か静かに浮かんでいた。そばを通りかかると、どうやら原住民が漁をしているところらしい。ピローグもさることながら、船上の彼らは静止映像のように小揺るぎもしない。夢の世界のような、心ときめく長閑やかさだ。なにかゆったりとした力強いメロディー、たとえば、製材所の騒音やボートのエンジン音をかき消す聖歌のひとつでも口ずさみたくなる。


長い水尾を引きながら、ボートはじわじわと奥地へ侵入していった。水をかき回すスクリューの動きが伝わってくる。木の脇をすり抜けていくと、また次の木が現れる。

最初のカーブを過ぎると、左手に見えていた製材所が消えた。背後にあった海ももう見えない。視界に入るのは、両岸と、ときには一メートルすれすれのところまで川に迫るジャングルだ。ジャングルの木々は絵に描いたように美しかった。マングローブは地上にタコ足のように根を伸ばし、それだけで人の背丈ほどもある。根元に三角状の板根が張り出した青白い木肌のカポックは、梢のほうにだけ葉をつけている。いたるところに繁茂するツル性植物やアシ。どこまでもひたすら静寂が広がっていて、それをブンブンと規則正しく唸りを上げるエンジンの音が切り裂いていく。

「この辺は深いのかな?」ティマールは日曜にマルヌ川を遊覧しているような調子で無邪気に尋ねた。

ニグロは自分に向けられた質問だとは気づいておらず、代わりにアデルが答えた。

「この辺だったら、たぶん三十メートルくらいかしら。場所によっては、船底がこすれそうなくらい浅いところもあるわ」

「クロコダイルはいる?」

「たまに遭遇するけど」

この瞬間を言い表すのにふさわしい言葉があるとすれば、〝ヴァカンス〟だろう。まさにティマールはヴァカンスを満喫している気分だった！　太陽までがいつにも増して楽しそうに目に映る！

最初の部族の村が見えてきた。川のほとりの木々のあいだに四、五軒の小屋があり、六艘のピローグが係留されている。ボートの通過を見守る裸の子どもたち。悲鳴を上げながら肩まで浸かる水浴中の女。

「ジョー、お腹が空かない?」

「いや、まだ空いてない」

彼はすっかり旅行者気分だった。なにひとつ見逃すまいと、辺りの景色をつぶさに眺めていく。

「どの木がガブーン[14]なの？」

彼女は周囲を見回し、一本の木を指す。

「あれがそうなのか。高値がつくの？」

「ベニヤ板に適しているのは、あの木だけ。機械で加工するのよ。全工程が機械化されているの」

「マホガニーは？」

「この辺にはないわね。あと一、二時間くらい川を遡れば見られるかしら」

「黒檀は？」

「そっちももっと上流に行けばね。川下では、価値のある木はかなり前に伐り倒されてしまったから」

「じゃあ、ぼくらにはまだ黒檀があるんだね？」

彼が〝ぼくら〟と口にするのは、これがはじめてだった。

「黒檀も、マホガニーもね！　それに、トリュフォーさんが耳寄りなことを教えてくれたわ。譲ってもらった土地にはランがたくさん自生しているそうなの。あの人、ランの入門書を持っていて、それもくれたのよ。ランのなかにはヨーロッパで一株五万フランで取引されるものがあるらしいんだけど、トリュフォーさん、入門書で確かめて、それとそっくりな種類を発見したんですって」

なぜに今朝はなにからなにまでこんなに素敵なのだろう？　すべてにおいて上々だ！　景色を見るとわくわくしてくる。この日だっていつもと変わらない暑さではないか？　なのに、ティマールは暑いと感じていないのだ！

二時間ほど遡上しただろうか。不意にボートが舳先を河岸に向け、そのままま っすぐ進んだかと思うと、砂地に船首を乗りあげた。ニグロはあいかわらず平然としてエンジンを切り、岸辺にいた部族の娘にもやい綱を投げた。娘は枯れ草で陰部を覆っただけで、あとはなにも身につけていなかった。ふたつの乳房はティマールがこれまでに見たこともないほど豊満で、ずっしりと重たげだ。

「なにをしようというんだい？」ティマールは尋ねた。

ニグロが振り向いた。

「エンジンを冷やします」

そこはピローグが何艘かと十五ばかりの小屋があるだけの村だった。ティマールとアデルは岸辺に降り立った。そのいっぽうで、娘は船上のニグロに笑いかけていた。

林間の空き地では市場が開かれており、五人の女たち――そのうち四人が老婆だった――が、それ

14　西アフリカに自生する広葉樹。別名オクメ、ガブーンマホガニー。ガブーンは産地のガボンに由来。心材はマホガニーに似た淡赤褐色で光沢がある。

ぞれ品物を並べたゴザの前でしゃがんでいる。ここでもまた、ひたすら長閑やかな光景が広がっていた。生物にしても無生物にしても、スケールが桁外れで、こちらの感覚が狂ってしまう。これまでの常識がひっくり返ってしまいそうだ。

どこまで続くとも知れないこのジャングルのなか、高さ五十メートルはあろうかという巨木の足もとで、ゴザの上で商売をしている。商品といっても、せいぜいキャッサバの束とか、バナナの房、燻製にした小魚四、五尾くらいのものだ。老婆たちはなにも身につけていない。ふたりはパイプを咥えており、ひとりは二歳くらいの男の子に乳房を含ませている。ときおりその子が振り返り、珍しそうにふたりの白人を見つめる。

ふたりが村人と言葉を交わすことはなかった。挨拶ひとつない。アデルがまずゴザに近づき、品定めをする。そして、首を伸ばして小屋の奥をちらりとうかがい、かがんでバナナを一本もぎとった。金は払わない。

相手には敵意もなかった。こっちは白人なのだ！　自分のしたいようにする。白人だからそうするのだ！

突然、思い立ったようにアデルが言った。

「ちょっとここで待っていて」

アデルは決然とした足どりで、ほかから離れた場所にあるひときわ大きな小屋のほうへ歩いていった。小屋に入るときも、彼女に遠慮は見られなかった。ティマールは市場を見物しながら待つことにした。

ここには彼女の知りあいがいるのだろうか？　彼女はなにを思いついたのだろう？　老婆や貧相な食べものを眺めるのにも飽きてきて、ティマールはボートに戻った。ニグロは陸に上がっていた。逆光の木漏れ日のなかにニグロのシルエットが見えた。先ほどの裸の娘のそばに立っている。お互いに体を寄せあいながらも、じかに触れあうのは指先だけのようだ。ふたりは笑っていた。辺りを憚るように訥々《とつとつ》と語りあっているが、その囁きの一音節一音節を聞くだけで、まさに彼らが満ち足りたひとときを過ごしていることがうかがえた。

ふたりの恋路を邪魔しないように、ティマールは市場まで引き返した。アデルはまだ戻ってきていない。彼女を迎えに行こうとも思ったが、やめておいた。彼は暇を持て余し、ポケットからタバコを取り出した。そのとたん、裸の少年が物乞いをするような顔をして手を差し出した。

三メートル先から老婆の手も伸びてくる。一本放ってやると、周りに村じゅうの女たちがどっと押し寄せてきた。われもわれもと腕を伸ばし、彼にすり寄り、タバコを奪いあう。叫び、笑い、押しあいへしあいをして、埃の舞うなか、地べたに膝をつき、落ちたタバコを探す。そこにアデルが戻ってきた。ティマールが女たちにもみくちゃにされるのを見て、薄ら笑いを浮かべている。

「さあ、行きましょう！」

そう言うと、彼女は去りぎわにさらに一本バナナをくすねた。ボートに乗りこみエンジンがかかると、彼は尋ねた。

「どこに行ってきたの？」

「あなたが気にすることじゃないわ」

「ここに知りあいがいるの？」

「そんなことどうでもいいじゃない」

大気がいっそう熱を帯び重くなってくるなか、ひたすらボートは川上に向かって突き進んだ。ティマールは急に胸苦しさを覚えた。

「本当のことを言いたくないんだね？」

彼女はわずかに口もとを綻ばせた。

「だから、なんでもないってば！」

なぜだろうか。忘れたつもりでいた過去の出来事がよみがえった。それは女性を知ったばかりのころのアヴァンチュールで、当時彼は十七歳、舞台はパリだった。たった三日間の滞在にもかかわらず、彼は夜の女に誘われ、ルピック通りのホテルに連れていかれたのだ。ことを終えてロビーに下りるや、女はこんなセリフを口にした。ちょうどアデルと同じように。

「ちょっとここで待っていて」

そう言い残し、女は支配人室に入っていった。ひそひそ囁く声が聞こえ、それから、女がうきうきとした調子で戻ってきた。

「さあ、行きましょう！」

「なぜあの部屋に行ったの？」

「あんたが気にすることじゃないわ。女のビジネスよ」

三年経ってやっと彼は理解できた。支配人室で女は部屋代の一部を自分の取り分として受け取っていたのだと。

なぜ、この川の上で、あんな昔のことに考えが及んだのか？　自分でもわからないが、いつもより生き生きとしたアデルを見ているうちに、名前を知ることもなかったあの夜の女の姿がまざまざと思い出されたのだった。

「さっき訪ねた小屋も部族の住居なの？」

「もちろんそうよ！　あの村に白人はいないわ」

ティマールが眉をひそめると、アデルは言った。

「そんな顔をしないでよ、ジョー。本当に、たいしたことじゃないんだから」

穴のあいた油じみたピスヘルメットの下でやはり無表情のまま、ニグロはまっすぐ前を見据え、こまめに舵柄を動かしていた。

単に例の小屋の件でもめたせいばかりではないだろう。疲労と暑さもティマールの精神状態に影響していたに違いない。太陽は真上に来ていた。ボートも、もはや涼しい風を起こすほどのスピードは出ていない。同じ景観が続いているが、それが息苦しいほど圧倒的に迫ってきた。

口にしたものといえば、生温かい缶詰のパテに固くなったパン。その代わり、すでに酒も二杯あおっている。

いつものことだ。午前の半ばごろには胸にぽっかり穴が空いたような気がしたが、アルコールを少し入れたら落ち着いた。

アデルはずっと上機嫌だ。しかし、やけに大袈裟である。ティマールには彼女がわざとそうしているように思えてならなかった。いつもなら、彼女はなんとか彼を喜ばせようと躍起になったりはしない。彼女はもっとあっさりした性格で、冷静なのだ。

あの部族の小屋に用事があるとしたら、どんな用事だろうか？　なぜいまはこんなに笑顔をふりまいて、わざとらしい態度をとるのだろう？

ティマールはようやく船尾に腰を下ろし、船の速度に合わせて不規則な木々の梢に視線を走らせた。再び胸が疼きだした。

「酒をくれ」

「ジョー！」

「いいじゃないか。喉が渇いて、なにがわるい？」

彼女は観念したようにウィスキーの瓶を寄越し、やっと聞きとれるくらいの声で忠告した。

「気をつけなさいよ」

「なにに気をつけるのさ。いつか小屋で抱くかもしれない黒んぼの女にかい？」

自分が差別発言をしていることはわかっていた。しばらく前から、そんなことがたびたびあったが、自制心が働かないのだ。

そのたびに、彼は、自分はひどく不幸で犠牲を払っているから、みんなを恨む権利はあるのだと固く信じこんだ。

「文句は言えないよね？　客を酔わせて日銭を稼いでいたんだから！」

獲物と遭遇した場合に備え、ボートには猟銃が置いてあったが、鳥以外の生きものには出会っていない。代わりに絶えずハエが飛びまくり、顔に寄ってこないように、ずっと手で払っていなければならなかった。ツェツェバエが川に繁殖することを知っていたので、体に虫がとまるたびにティマールはぎくっとした。

そのうち彼はこらえきれずにいきなり立ちあがり、ジャケットを脱いで半袖シャツ一枚になった。

「それはだめよ、ジョー。感染症に罹るわ」

「だから？」

ジャケットを脱いだところで暑さは和らぐどころか、むしろ逆効果だった。とはいえ、もはや腋や胸が汗でベタベタするような感じはなかった。それはもっと別の感触で、焼けるように皮膚がひりつき、ほとんど官能的な痛さだった。

「酒をくれ」

「飲みすぎよ」

「いいからくれって言ってるんだよ！」

舵取りのニグロが無関心なようで、会話をすっかり聞いて、ふたりを判断していることがわかっていたので、彼はますます意固地になった。反抗心からぐびぐび酒をあおり、それからベンチに寝そべって、ジャケットを丸めて枕にした。

「ねえ、ジョー、そのままじゃ、日差しが強すぎるから……」

彼は答えもしなかった。とにかく眠かった。激しい疲労でぐったりして――この地で死ぬことになるならその覚悟はできていたが――、座った姿勢を保つことはできなかった。

一時間か二時間、あるいは三時間、彼は奇妙な眠りの底にいた。口をあけたまま眠りこくり、肉体はワンダーランドと化していた。

眠りの国で彼は木となっていたのだろうか？　山だろうか？　二、三度目をあけたとき、アデルがなんとか日差しを遮ろうとしている姿がおぼろげに見えた。

突然、凄まじい音がして、激しい衝撃があり、彼はベンチの足もとに投げ出された。彼は起きあがると、両手を握りしめ、目玉をひん剝いて取り乱した。

「このうえぼくをどうするつもりだ？」

ボートが傾き、船縁から水が猛烈な勢いで流れこんでいる。ニグロが甲板の手すりを跨ごうとしているのがぼんやりと視界に映る。ティマールはてっきり追い詰められて相手の罠にはまってしまったものと思いこみ、ニグロに向かって突進し、顔を殴って水中に叩き落とした。

「そうか、そういうことだったのか！　ふん、ざまあみろ！」

水深は五十センチもなかった。ボートは急流に押し流されて座礁していた。ニグロがなかなか立ちあがれずにいるのを見て、ティマールは朝に船尾で見かけた猟銃を探した。

「畜生！　思い知らせてやる！」

そのとたん、彼はなにかにけつまずいた。たぶんベンチか、あるいは探していた銃かもしれない。よろめいて倒れる間際、一瞬、アデルが怯えたように、なにより絶望した眼差しでこちらを見つめているのが目に入った。頭がなにか硬いものにぶつかった。

「畜生！」彼は繰り返した。

視界がぐるぐる回り、周りじゅうのものが揺れ動き、まるで重力が逆方向に働いているかのようだ。それでいながら、まだ彼は夢うつつの境を漂っていた。目をあけると、彼は船尾に座り、ニグロに体を支えられていた。アデルが苦労して腕をあげさせ、ジャケットの袖に通そうとしている。

再び目をあけると、今度はアデルがかがんで彼の顔をのぞきこんでいる。彼は寝かされていた。こめかみに少し濡れた冷たい感触があり、手の甲や首のうしろ、胸の辺りがひりひりと痛んだ。

あげくに彼は運ばれた。運び手はふたりだけではなかった。たぶん十人か、もしかしたら百人くらいはいるかもしれない。彼の顔の横で、おびただしい黒光りする脚が行進している！

原住民らはティマールの知らない言語を話し、アデルもその言語でコミュニケーションをとっていた。

原住民たちの脚のむこうには無数の木々が見え、土の湿った匂いを発散するどこまでも深い闇が存在していた。

8

アデルに支えられて起きあがり、ベッドに座ると、彼が真っ先に見やったのはアデルではなく、周りの壁だった。壁の色は淡いグリーンだ。つまり、夢を見ていたのではない。一部が現実なら、すべてが現実ということだ。

われながら判事のようだと思いつつ、彼は眉をひそめ、陰険な目つきで、口をひん曲げた。

「ここにはどれくらい前からいたのだろうか？」

彼は相手の言葉に嘘がないか見破ろうとするかのように、アデルをじっと見据えた。

「四日だけど。どうしてそんな目でわたしを見るわけ？」

彼女はいまだに彼をからかいながらも、無意識に引きつった笑いを浮かべた。

「鏡を貸してくれ」

彼女が鏡を探すあいだ、彼は髭の伸びた頬を撫でまわした。だいぶ痩せている。目はすっかり落ちくぼみ、それこそちょっと動かしただけでも疲れてしまう。

「ブイユーは？」

彼は自分が不気味に見えていることがわかっていて、それを楽しんでいた。熱に浮かされた目で凝視され、アデルは不安になっているに違いない。

「ブイユーですって？　ここはリーブルヴィルじゃないわ！　わたしたちはいま、自分たちの土地にいるのよ」

「ブイユーはどこだよ？」

ほかにもまだ質問したいことがたくさんあった。質問したいこと？　いや、むしろ、非難したいことだ！　なぜなら四十一度の高熱で寝こんでいるあいだ、彼は多くを見て、多くを耳にしていたからだ。そして、この部屋が緑色であるからには……。

あれはたぶん二日目のこと、とにかく、到着して間もないころだ。ひととおり片づけを終えたアデルが不興げに壁を眺めていたのは。彼は、彼女が階下で動き回り、指示を出すのを聞いていた。そのあと、彼女は緑色の石灰で壁を塗ったのだ。

自分が見られていたことを、彼女は気づいていないだろう。だが、彼は目を見開いて、しっかりと見ていた。天井にかかるときには人を呼んでいたことも知っている。

「ねえ、ブイユーは？」

この質問はこれで終わりにする必要があった。ほかにも訊きたいことがあるからだ。

「あの人はここには来ていないの。ジョー、嘘じゃないわ」

おやおや、ブイユーも気の毒に！　まあ、あとでわかることだが、確かに一階で彼の声がしていた。

「アデルもかわいそうに」と話しているのまで聞こえたのだから間違いない。

夜、アデルは、ブイユーからティマールが見えるようにドアを半開きにしていたではないか？

「ギリシャ人はどうした？」

さすがにこれは嘘をつくことができないだろう。なぜなら、彼はその男のことを見たのだ。間違いない。この目ではっきりと見たのだ。一度きりではない。四回か、五回は見ている。ベタベタした髪に、日焼けした痩せぎすの顔、背が高く、チック症なのか、しじゅう右目をパチパチさせていた。

「コンスタンチネスコのこと？」

そう！　壁を塗っていたときに彼女はその男を呼びつけて、天井を塗っているあいだ梯子を支えてもらっていたのだ。ティマールはそれをしっかり見ていた。

「彼はここでなにをしている人？」

「作業監督よ。もともとこの土地で働いていたの。それでわたしが雇いなおしたのよ。ジョー、少し休んだほうがいいわ。汗をかいているじゃないの」

彼は話をして、彼女を問いただし、意地悪をしたかった。彼はぞっとしながらいくつかの場面を思い出した。

たとえば、彼は寒さを覚えていた。この世でこんなに寒いことなどあるだろうかと思うくらい凍えていた。にもかかわらず、頭から足の先まで汗だくだった。彼は歯をガチガチ鳴らして叫んだ。

「誰か毛布を持ってきてくれ。頼むから、火をおこしてくれ」

アデルは優しく答えた。

「毛布ならもう四枚もかけているわ」

「嘘だ！　ぼくを凍え死にさせるつもりか！　医者はどうした？　なぜ医者を呼ばない？」

ティマールは幻覚を伴う悪夢にうなされた。隣のベッドには冷ややかにこちらを見つめるウジェーヌがいた。

「まだ慣れていないようだな、坊や。まあ、じきに慣れるさ。俺はもう先に経験しているからな！」

なにを経験しているというのか？　ティマールは怒ってわめき、アデルを呼んだ。彼女はすぐそばにいた。

ああ！　この女を殺すことができたら！　だが、銃がなかった！　彼女は自分を馬鹿にしている！

コンスタンチネスコにしてもそうだ。抜き足差し足で部屋に入ってきて、囁いていた。

「まだ四十一度ですか？」

さあ、これから真相を暴いてやろう！　いまはもう熱も下がっている！　視界もぼやけていない。

彼は何度も目をしばたたき、ちゃんと視力が戻っているか確かめた。

「ぼくは住血吸虫症に感染していたんだね？」

「違うわ、ジョー！　住血吸虫症じゃないって。あなたはデング熱に罹っていたのよ。植民地の新参者はたいてい感染するの。たいしたことないわ」

おやおや、そうですか、たいしたことでもないと？

「きっと川で蚊に刺されたんでしょうね。直射日光に晒されたこともあって、高熱が出たんだわ。すぐに四十一度くらいの熱が出るけど、でも、それで死んだ人はいないから」

アデルは靴を履き替えたのか？　まだブーツのままか？　確かめようと、彼は前に身を乗り出した。

彼女はブーツを履いていた。

「なぜそんな靴を履いているの？」

「ときどき、作業場を見回る必要があるからよ」

「作業場って？」

「機械を動かしている場所よ」

「機械を動かすのは誰なのさ？」

ティマールは凄むように〝誰〟に力を込めて言った。

「コンスタンチネスコよ。彼は機械技師なの」

「あとは？」

「わたしたちは、二百人の人夫を抱えているの。彼らはいま、自分たちの宿舎を建てている最中よ」

「わたしたちって？　誰のこと？」

「わたしたちふたりに決まっているじゃない！　ジョー、あなたとわたしよ」

「へえ、そうか」

ティマールには、アデルとコンスタンチネスコのことのように思えた。すでにティマールは体力を消耗しきっていた。全身にかいた汗が冷たくなっている。アデルは彼の片手を両手で握ると、聞き分けのない子どもを見るように同情もせず、やや皮肉のこもった目で見つめた。

「いいこと、ジョー。ちゃんと体を休めるようにしないとだめ。明日になれば起きあがれるようになるわ。デング熱はあっという間に体力を奪ってしまうけど、治りも早いから。事業のことは明日じっくり話しましょうね。すべて順調にいっているわ」

「ここで一緒に寝てくれよ！」

彼女はほんの一瞬、たじろいだ。それは一秒にも満たない瞬間的な反応だったが、彼は自分のベッドから病人臭いにおいがするのがわかっていたので、きまりが悪かった。

「もっとそばに寄って」

彼は半目をあけていた。睫毛越しに、ややぼんやりと彼女が見えた。彼は片手を彼女の脚に這わせてみた。

「調子に乗らないでよ、ジョー！」

かまうものか！　彼女は自分のものだと主張する必要があったのだ。彼は汗ばみ、震えながら、反抗的な目つきで撫でつづけた。しまいに彼はくたびれて、脱力したように枕に頭をどさりと乗せた。

彼女は静かに立ちあがると、ドレスを直し、怒りもせずに言った。

「おバカさん。まるで子どもね。大きな子どもだわ」

彼には聞こえていなかった。彼は心臓の鼓動、こめかみがドクンドクンと脈打つ音だけを聞いていた。

翌日、ティマールは、アデルとコンスタンチネスコのふたりに手伝ってもらいながら、一階の広間に落ち着いた。このギリシャ人は、細身で髪が黒々しているせいで遠目には若く見えるものの、近くに寄ると、顔には深く皺が刻まれ、目鼻立ちのバランスも悪く色気のない男だった。彼は腰が低く、馬鹿丁寧でさえあった。話をするときは、いちいちティマールに伺いを立てるように話した。

建物の中はがらんとしていた。中にあったものはほとんど処分することになり、外にガラクタの山ができた。それらは焼却されたが、いくつかの生活必需品、テーブルや椅子、二台のベッドだけは残された。それらにしても消毒しなければならなかった。

ティマールはハンモックチェアに座っていた。部屋は広々として、三方がベランダに面している。室内の壁は外壁と同じく赤レンガで、いかにも植民地といった趣があった。おもては川まで続く急勾配の傾斜地になっていて、百五十人の黒人がそこに小屋を建てているところである。残りの三方は、建物から五十メートルも離れていないところまでジャングルが迫っていた。

「コンスタンチネスコはどこに寝泊まりするわけ?」彼は疑わしげに尋ねた。

「原住民の小屋と同じような宿舎よ。納屋の裏手にあるわ」

「食事はひとりで?」

「ニグロの女がいるわ。一緒に暮らしているの」

ティマールはこらえきれずににやついてしまい、慌てて顔をそむけた。アデルに気づかれたかもしれない。

「ほらね、ジョー、話したとおりでしょう？　住まいは頑丈で実用的だし、土地のほうはひと回りしてきたけれど、ガボン一条件のいい場所よ。人手も確保できているし。とにかく、あなたはこの数日間はゆっくり休養することね。作業場のほうはコンスタンチネスコがいれば大丈夫だから」

「わかった！」

それでも、彼は鬱々としていた。数日休んだくらいでは、アデルやコンスタンチネスコのようには働けないだろう。そんなことはわかっている。部屋からは太陽の下、彼らが行き来するのが見えた。ベランダに出たら照り返しをまともに受けてしまう。そう考えただけで、彼は具合が悪くなった。自分がなにかの役に立つことなんてあるのか？　アデルのほうは、黒い絹のドレスに白いピスヘルメットを被り、ゴムブーツを履いただけの軽装備で、のびのびと振る舞っているというのに！　彼女は原住民たちの中を自由に歩き回り、原住民語を話し、これまでずっと彼らの社会で暮らしてきたかのように、指示を出している。

トリュフォー老人が残していったものの中から、アデルは虫食いだらけの本を見つけてくれていた。モーパッサンとロチ[15]の長編が一冊ずつと化学の専門書がある。

とても小説を読む気にはなれなかった。ヨーロッパにいたなら、むさぼるように読んでいたはずなのに。それにしても、なんでまた、この地でこんな長文の読み物をわざわざ出版したのだろうか。

アデルが部屋に戻ってきたとき、彼は化学の専門書を読みふけっていた。

ティマールには毎日が同じに思えた。朝はひとりで、またはアデルに腕を貸してもらって階下へ降りた。それから、広間のハンモックチェアに落ち着くのだが、たまに立ちあがって少し歩いてみたりもした。

周りではすでに全作業員が働いていた。監督のコンスタンチネスコが六時に始業の鐘を鳴らしたからである。監督は長靴を履き、ムチを手にしたままアデルに報告をしにきた。アデルは椅子を勧めることもなく、他人行儀で接した。

「宿舎を完成させるのに二十人だけ残し、あとは全員ジャングルに回しました。お宅のテーブルは今晩にも出来上がるでしょう。それから、黒人たちの食いものを用意するため、猟師に水牛を撃ちにいかせました」

ティマールは床に臥しているあいだにアデルがしていた仕事に驚いた。しかし、憶えている限りでは、目をあけるといつもアデルは枕もとにいた。それなのに、彼女はすべての段取りを決め、全体の指揮を執っていたのだ。確かに、彼女は顔色が悪く、目の下に黒い隈ができていた。

15 ピエール・ロチ（一八五〇―一九二三）。フランスの小説家。海軍士官として世界各地を回るかたわら、小説や紀行文を書いた。

「ボート用のハンガーも造らないと。いざというときに、エンジンがかからないなんてことがあったら困りますからね」

「そちらも考えておきました。いま、宿舎の左手に作業員ふたりで支柱を打っています」

やがて、広間はアデルとティマールのふたりきりになった。アデルはそのまま話を続けた。

「いい？　ジョー。そのうち体が慣れてくるわ。ここはこの国のどこよりも健康にいい場所なんだから。三年後には、お金持ちになってフランスに帰りましょうね」

それこそがティマールの恐れていることだった！　フランスには帰りたくない！　なんのために帰るというのだ？　どこに住めばいいのか？　実家に戻るとか？　アデルのことはどうする？

読む気になれない二冊の小説がもはや彼に居場所がないことを示していた。ラ・ロシェルの《天下《カフェ》泰平《ド・ラ・ペ》カフェ》のテラスで友人たちと時間を共にすることなど二度とないのだ！

アデルとパリで暮らすのか？　しかし、アデルは過去にフランスで……。

いや、それについては考えないでおこう！　様子を見よう！　さしあたっては順応することだ。習慣を作るようにしよう。この景色に慣れるようにしよう。あと何日かすれば、外に出られるだろう。そしたら、あの水際に群がる黒人どもを監視するのだ。ジャングルにも行く。どの木を伐採するか指図するのは自分なのだ。

彼はまだ体力が戻っていなかった。床も壁も赤レンガの広間を五分も歩き回っただけで気が遠くなり、椅子に座らざるを得なかった。

「ぼくが寝こんでいたとき、本当にブイユーはここに来ていなかったんだろうね？」

「どうしてそんなことを訊くの？」

アデルは笑った。前に部族の村の小屋に行ったことについて説明を求めたときと同じ笑いかただったので、彼の気持ちは安堵と不信感、さらには愛と憎しみのはざまで揺れ動いた。

彼女がそばからいなくなると、彼はもう気が気でなく、まだ戻ってこないのかと、いく度となくベランダまで見にいった。彼女が向かった先と反対の方角にコンスタンチネスコの姿が見えただけで、彼は安心した。

三日目、彼はすっかり嬉しくなって、アデルから注意されていたにもかかわらず、おもてに出てしまった。外では、六十人ほどの黒人たちがコロを下に挟みながら、巨大なガブーンの丸太を川に向けて引っ張っていた。

はじめての原木だ！　彼にとって記念すべき最初の一本だ！　彼はふらつく足で全裸に近い黒人たちの周りをうろうろし、そのきつい体臭を嗅いでみた。彼らの背後から、長靴を履いたコンスタンチネスコが原住民語で指示を飛ばす。丸太はほんの十センチずつしか動かない。全身に滝のような汗をかき、黒人たちが喘いでいる。

「これはどのくらいの価値があるの？」ティマールはそばに寄ってきたアデルに尋ねた。

「一トンあたり、だいたい八百フランね。でも、輸送に三百フランかかるわ。この丸太なら、あがりは二千フランってところかしら」

こんなに巨大な丸太でもそんなに高くないことに、ティマールは驚きを隠せなかった。

「これがもしマホガニーだったら？」

アデルはそれには答えず、耳をそばだてた。

ティマールも気づいた。かなり遠くからだが、ブーンというモーター音が聞こえてくる。

「ボートだわ！」

丸太のほうはまだ川に向かう斜面の途中にあり、何人もが水に入って引きずりおろそうとしていた。もう夕刻で、あと三十分もすれば真っ暗になってしまうだろう。ガボンに来てもう二十年のコンスタンチネスコはとっくにピスヘルメットを脱いでいた。

捕獲した大型獣を縛るようにしっかりとロープで括りつけた丸太が水面に浮きはじめたとき、川の曲がり角から現れたボートが砂地に乗りあげた。

ボートには黒人がふたりと白人の青年が乗っていた。青年は陸に降りると、アデルと握手した。

「もう落ち着かれましたか？」

それは食料を運ぶ船だった。毎月定期的に川を遡り、各拠点に寄っては樵夫たちに郵便物や物資を届けているのだ。

「喉が渇いたでしょう。宅に寄っていって」

青年はまずウィスキーを流しこんでから、鞄を探ってティマール宛ての手紙を取り出した。フランスの切手が貼ってあった。妹の筆跡だ。ティマールはポケットにしまう前に、最初の数行にだけ目を通した。

ジョー兄さんへ

日帰りで遊びにきたロワイヤンでこの手紙を書いています。天気にも恵まれました。でも、兄さんは運がいいから、きっとそちらの素敵な国のほうがもっといい天気なのでしょうね。ジェルマンさんのところの男の子たちも一緒です。このあと、水上スキーに挑戦します。……

「わたしには？」

「なにもありません。あっ、そうだ！　部族の村でブイユーさんに会いました。川を下る途中でボートが故障して、一泊することになったそうです」

とっさにティマールはアデルの顔をうかがった。ところが、彼女は赤面することもなく、動揺もしていない。

「あら、まあ！」

彼女は陽気にとぼけてみせたものの、空々しく聞こえるだけだった。

「あの人とはそこでどんな話をしたの？」

「たいした話はしていません」

三人は、ハンモックチェア三脚とテーブル一台があるだけの赤レンガの広間にいた。川べりでは、ガブーンの丸太を運んできた黒人たちが汗を拭きながら笑っている。コンスタンチネスコが始業と終業を告げる鐘のほうへ歩いていく。

「トマの事件のことくらいで……」

青年は話していいものか迷っているようだった。気立てがよさそうで、やや要領が悪く、遠慮がちな若者である。ひと月のうち三週間は船上にいて、黒人ふたりとともに川を行き来しており、ジャングルでテントを張って夜を明かすことも少なくない。フランスではセールスマンをしていた。僻地の村を担当し、月賦販売で若い女性に衣類一式を売っていたが、ガボンに渡ってからも、ノルマンディーやブルターニュの集落を巡回していたときと同じように泥臭く、のんきに行商をしているのだ。

「犯人が見つかったんです。やっぱりニグロのしわざでした」

アデルは動じもせず、平然としていた。彼女はティマールを見て、それから青年に視線を移した。

「おふたりが出発した二日後に、そいつが捕まったんです。というか、そいつの村の酋長に突き出されたんです。それ以来、周りはずっとその話で持ちきりです。酋長は証人も連れてきました」

ティマールは青年のほうに身を乗り出し、息を荒くして促した。

「それで？」

「ニグロはしらを切って、なにも知らないと言い張っています。あいだに通訳が入るので、事情聴取はなかなかスムーズにはいきません。それでも、ニグロの小屋で土に埋めたリボルバーが発見されたそうです。容疑者とトマは同じ女性に言い寄っていたという証言もあります。……ところで、なにかお入り用のものは？　上等のイセエビの缶詰はいかがでしょうか？　ガソリンでしたら、二十缶までならお売りできますが」

ティマールはもう聞いていなかった。彼は注文をするアデルのことを見つめていた。

「じゃあ、二十缶お願い。それから、作業員たちに食べさせる米を二袋ね。タバコはあるかしら？ここなら、ひと箱三フランで売れるから」

「千本単位のご注文でしたら、ひと箱一フランになります」

辺りが暗くなってきた。川はもうほとんど見えなくなった。コンスタンチネスコが発電機を作動させると、ランプが赤く点灯し、まもなく黄色に変わった。

「それなら、五千本か六千本頼もうかしら……」

「ねえ、きみ、逮捕されたのは、どこの村の住人なんだい？」

「そんなのどこだっていいじゃないの、ジョー！」

「ぼくには知る権利がある」

「下流にある小さな村ですが……」

ティマールは立ちあがると、ベランダに出てひとり佇んだ。錨を下ろした船のように浮かんでいる丸太の輪郭がおぼろげに見える。宿舎小屋の輪の中央では、黒人たちが焚き火をしていた。周囲のジャングルはインクのように黒々として、天空を目がけて真っ直ぐにそそり立つカポックの幹だけが青白い。

彼はアデルが青年の耳もとで囁くのを耳にした。耳にしたというより、見透かした。それくらい彼の感覚は研ぎ澄まされていた。アデルは歯噛みしながら確かにひと言だけ囁いたのだ。

「この馬鹿！」

9

「頼むから、ジョー、静かにしていて。隣に筒抜けだから」

その声はほとんど吐息に近かった。ティマールには、天井を向いたまま息を殺す彼女の顔が想像できた。室内は真っ暗だった。開け放した窓だけがかすかに見える。その長四角も、闇に仄白く浮かぶカポックの幹によってふたつのいびつな形に切り分けられている。

ふたりは裸でベッドに横たわっていた。少し前までは、隣の部屋に泊めてやった青年がまだ休まずに動き回る音が聞こえていた。

「本当のことを話してくれ」

ティマールはじっとしたまま素っ気なく言った。彼は宙を、いや、むしろ頭上に広がる闇を見ていた。体にはアデルの肘と腰だけが触れている。

「明日まで待って。ふたりきりになったら、話すから……」

「いま言えばいいじゃないか」

「なにを言えばいいの？」

「きみはトマを殺した！」

「しっ！」

彼女は身じろぎもしなかった。腰も震えていない。ふたりは並んで横になったまま、じっとしていた。

「さあ、言えよ。きみが殺ったんだろ？」

彼は息を止め、待ちかまえた。暗闇のなか、すぐ横で「そうよ」と静かに肯定する声が聞こえた。

彼はさっと隣を向き、思わず拳を握って相手をなじった。

「きみは人を殺した。そして、別の人間に罪を着せた。そうだろ？　トマを殺して、それでもって、あの小屋に行って……」

「やめて！　痛い！」

その声は実際に肉体の苦痛を訴えていた。気づけば彼は彼女にのしかかり、締めあげていた。

「聞いて！　約束する。明日、全部わけを話すわ」

「言い訳無用って言ったら？　もう顔も見たくないし、声も聞きたくないって言ったら？　もし……もし、こっちが……」

ティマールは息が続かず窒息しそうになった。いつにも増して汗が噴き出し、手足から力が抜けていく。彼は激しい怒りに駆られていた。この怒りをなにかにぶつける必要があった。なんでもいい、彼女を殺すか、壁を殴るか……。彼は壁を何度も殴った。アデルが落ち着かせようとしたが無駄だった。

「ジョー！　ねえ、聞いて……隣に聞こえているわ……いま話すから……だから落ち着いて」

両手がずきずきしてきて、ティマールは壁を殴るのをやめ、アデルを見つめた。もちろん見えはしなかった。たぶん、彼はほかに怒りを紛らわす方法がないか、探していたのかもしれない。

ふたりとも突っ立っていた。真っ暗な室内で、ふたりの体だけがぼんやりと青白く浮きあがって見えた。相手の顔つきを見るには目を大きく見開かなければならなかったが、そんな状況でも、アデルはティマールの濡れた胸をハンカチで拭った。

「さあ、横になって。また熱が出るわよ」

確かにそのとおりだった。ティマールは体が火照るのを感じた。何日も熱にうなされていたことを思い出したとたん、怒りがすっと引いていった。彼は闇を探って椅子を見つけると、自分のほうに引き寄せ、腰を下ろした。

「よし、話を聞こうか」

二度と手を上げないようにアデルから離れたほうがいい。そう考えて、彼はとにかく冷静でいようとした。しかし、それはあくまでふりであって、大袈裟で不自然な落ち着きだった。

「わたしがしたことを話せばいいんでしょ？」

彼女はどこに身を置いて、どう振る舞えばいいのかわからず、結局、ティマールから一メートルばかり離れたベッドの端に腰を落ち着けた。

「あなたはウジェーヌの性格を知らないのよ。あの人、とくに自分が感染したことを知ってからというもの、やたら嫉妬深くなって……」

隣の部屋の客の存在を意識して、彼女は囁くように話した。

「そんなに嫉妬深く？　旦那さんはブイユーや、総督や、検事や、ほかにもきみと寝た男たちとうまくやっているように見えたけどな」

姿は見えなくても、相手の呼吸が荒くなり、ゴクリと唾を飲みこむのが彼にはわかった。束の間、窓のむこうに広がるジャングルの野趣あふれる静寂が感じ取れるくらい、室内がしんと静まりかえった。

アデルは鼻をかみ、単調な声で話を続けた。

「わかってもらえないかもしれないけど。あの人たちとは別なのよ。わたしがあなたの部屋に行ったのは……」

彼女は言葉を探しあぐねた。ひょっとして、彼女が口にしかけたのは、彼女にはロマンチックすぎるように思える言葉だったのではないだろうか？　たとえば、恋人とか……。

「あの人たちとは別なの」彼女は繰り返した。「つまりね、こういうことよ。わたしがあなたの部屋から出るところをトマに見られたの。それで千フランを要求されたの。あの男、ずっと前から女を買う金を欲しがっていたの。わたしは断った。そしたら、パーティーの夜、また脅されて、そのとき……」

「殺した」闇の中でティマールは戸惑いながらも声を発した。

「トマがウジェーヌに言いつけにいこうとしたからよ」

「だから、ぼくのせいなんだね……」

彼女は静かに率直に否定した。

「違う！　安心を得るために、手を下したの。まさかウジェーヌが死ぬとは思っていなかったし」

ティマールはうろたえないように、うわべだけでも冷静なふりを続けようと努めた。そして、窓の長四角とカポックの幹をじっと睨み、ジャングルのざわめきに耳を澄ました。

「ジョー、こっちに来て、寝ましょう」

いい加減、ついてゆけない。もう一度、声を張りあげ、壁を拳で叩きたくなった。罪を白状したその口で、ベッドに誘うなんて！

単純な話だ！　彼女は安心を得るために殺人を犯した！　そして、彼のほうは、彼女を問い詰めたことで、彼女が享受して然るべき平安を乱してしまったのだ！　彼が総督やほかの男たちについて触れても、彼女は否定しなかった！　ただ、「あの人たちとは別なの」と言っただけだ！　亭主のほうは気づいていたが、彼にはそれが理解できなかった！

ほんの一瞬だったが、彼は立ちあがって彼女を殴り、起きあがれなくなるまで打ちのめしてやろうかと思った。

「逮捕されたニグロはどうなるんだろう？」

「わたしが十年服役するほうがいい？」

「うるさいな。そんなこと思ってないさ。もうなにも言わないでくれ。ぼくにかまうな」

「ジョー！」

「頼むから静かにして」

彼は椅子から立つと、窓辺にもたれかかった。夜気に触れて、全身を流れる汗が冷やされていく。彼は係留された丸太のそばの川面に目を凝らした。五分くらい経った頃だろうか。不意に後ろから声がかかった。

「まだ寝ないの？」

彼は返事をせず、その場を動かなかった。ずっとアデルのことを考えていたわけではない。とくにトマのことを考えていたわけでもない。ひたすら雑多な思いが頭の中をぐるぐる巡っていた。たとえば、すぐ近くにヒョウがいるのではないかとか、ヨーロッパのリゾートビーチでは、そろそろ客がカジノを退出する時刻だとか……。

おそらく、そういったカジノの中には、エキゾチックな映画を上映しているところもあるだろう。その映画にはバナナの木や、きれいに口髭を整えた農園主なんかが登場し、バックに民族音楽が流れるラブシーンがあったりするのだ。

彼は再び丸太に思いを馳せた。雨季に入れば、丸太は自然と川を下っていくのだろう。伐採された原木たちも同時に。何百という丸太が吊り上げられて、河口に停泊する赤と黒の小さな汽船に積みこまれる。だが、なによりもまず、丸太たちはアデルが訪ねた小屋のある村の前を通過するのだ。水辺では舵取りのニグロと乳房を露わにした美しい娘が、言葉を交わすことなく、歯をむき出して笑っている。ふたりともなんていい表情をしていることか！

要するに、ウジェーヌは生前、妻がよその男と寝ることを容認していたのだろう。影響力を持っていて、自分のホテルを贔屓にしてくれる人物が相手ならかまわないのだ。間違いない！　もとより、それが彼らふたりの仕事ではなかったか？

ティマールは振り向いて、アデルがまだ眠っていないことを認めると、再び夢想に耽るふりをした。彼自身は眠かった。少し寒気も感じていた。彼はタバコに火を点け、平静を装った。

これからどうするべきか？　土地の名義は彼になっている。伯父の信用と家族のコネを利用したおかげだ。

目の前のジャングルにはゾウがいるらしい。昼間、コンスタンチネスコがそう話していた。アデルはコンスタンチネスコとも寝たのだろうか？　彼女の規則正しい寝息がはっきりと聞こえた。彼はいまがチャンスとばかり、そっとベッドに潜りこんだ。

ひょっとすると、彼の思い違いかもしれない。とにかく、ベッドに入ってからは彼女の寝息が静かになったような気がした。彼女が寝たふりをしていたのか、それとも、彼がベッドに入ってきたせいで目を覚ましてしまい、今度は彼女のほうが彼の寝息をうかがっているのか。

ふたりのあいだに接触はなく、互いに姿も見えない。だが、相手の息づかいは感じている。ほんのわずかな震えも千倍に増幅されて伝わるのだ。

彼女には自分がわかっていない！　結局のところ、彼女は本能と経験則に従って行動しているのだ！　とはいえ、誰とでも寝る女にはまったく見えない！　これまでの数々の抱擁が彼女に影を落とすことはなかった。爪痕ひとつ残していないのだ。その物憂げな雰囲気やどんな体位にも応じられる柔軟性が彼のお気に入りだったが、それと同時に、彼女には意外にも真っ新《まさら》なところがあった。

夜のジャングルで、ゾウたちになにができるだろう？　ほかの小動物のように動き回っているのだろうか？　ティマールは寝ぼけていたに違いない。なぜなら、自分が寝息を立てているのが聞こえたからだ。すると、アデルがすっと手を伸ばし、彼の胸の心臓の辺りに触れた。

彼はじっと動かず、自分が半分起きていることを悟られないようにした。そのあとのことはもう憶えていない。憶えているのは、始業の鐘が騒々しく鳴ったことと、目の前に光と影の縞模様ができていたことだけだ。

彼は瞼を上げた。夜が明けていた。ジャングルに向かう作業員たちが通り過ぎるのが聞こえる。片手でベッドの隣を探ると、アデルはもういなかった。シーツはすっかり冷たくなっている。

彼は天井を眺めた。あと十五分したら起きあがるつもりだった。彼は自分が平静でいることに驚いていた。といっても、回復期にある病人が体力を一気に使い果たしておとなしくなっただけのことである。両手の甲が痛んだ。指の節という節の皮膚が破れていた。

彼はようやく起き出すと、ズボンを穿き、シャツに腕を通し、髪をうしろに撫でつけた。一階の部屋では、行商人の青年が古い新聞を読みながらひとりで朝食をとっていた。

「しっかり休んだかい？」

そう言いながら、ティマールは目の端でアデルの姿を捜した。中庭ではコンスタンチネスコが六人の黒人に指示を与えている。

「アデルはどこかへ行ったの？」

別に話すことがあったわけではないが、姿が見えないと寂しい。たとえ、知らんふりをするとしても、彼女の姿は見たかった。

「ここにマダムの書き置きがあります」

ティマールはちょうど鏡の正面にいて、そこに映る自分の顔を見て驚いた。顔色ひとつ変えることなく平然としている。われながらたいしたものだと得意になった。しかし、内心ではひどく動揺していた。

「書き置き？」

青年は紙片を差し出した。そういえば、アデルから手紙らしきものをもらうのはこれがはじめてではないか？　手書きのその文字はかっちりとした書体で、デカデカと書かれていた。

わたしのジョー
心配しないで。リーブルヴィルに行く用事ができたの。二、三日で戻るわ。無理は禁物よ。コンスタンチネスコがどうすればいいかわかっているわ。どうか、安静にしていてちょうだい。

あなたのアデル

「アデルは始発列車に乗ったのかな？」ティマールは思いきり皮肉を込めて尋ねた。

「暗いうちからボートで出発したようです。わたしは一時間前に起きたのですが、マダムはすでに出かけたあとでした」

ティマールはあえてなにも言わなかった。それから、うしろで手を組み、宙を睨みながら部屋の中を歩き回った。

「ねえ、そんなに心配しないでください。検事さんよりマダムへの伝言を言付かったんです。黒人同士の問題にケリをつけるために、マダムから話を聞かなければならないそうです」

「ああ、じゃあ、きみは……」

ティマールは蔑むような目で青年を見た。

「もう結論は出ていますから！　犯人が捕まっている以上、事件は解決です。ただ、形式上、マダムに事情聴取をする必要があるそうなんです。犯行に使われたのがマダムのリボルバーだということで……」

「当然だろう！」

「どちらへ？」

ティマールは二階の寝室に行くと、意を決し、いつになくてきぱきと服を着替えた。それから、一階に降りて、青年に頼んだ。

「きみのボートを貸してくれないか」

「それは無理です。まだ巡回に出たばかりのところですし……」

「二千フランでどうかな？」

「お言葉ですが……」

「五千フラン！」

「五万フランでも無理です。あのボートは私有物じゃないんです。会社が所有しているんです。たとえ、郵便物がなかったとしても、無理なものは無理です！」

ティマールは青年のほうを見ようともせず、外に出た。機械類の格納庫からモーター音が聞こえた。中ではコンスタンチネスコが働いていた。地べたに横になり、発電機の整備をしている。

「監督、きみは知っていたんだよね」ティマールは挨拶もせずに切り出した。

「実は……」

「よし、じゃあ、すぐにピローグと漕ぎ手を手配してくれ。四、五分で用意したまえ」

「ですが……」

「わかったたな」

「お出かけになるときに、マダムから言いつかっております……」

「ぼくを誰だと思っている！」

「お聞きください、ティマールさん。お断わりすれば、あなたはお怒りになるでしょう。ですが、あなたのためを思ってそうするのです。そのお体では……」

「体がどうした？」

「なんとしてもあなたを行かせるわけにはまいりません」

ティマールがこれほど冷静だったことはない。でありながら、逆上する理由がここまで揃ったこともない。彼は、平然とギリシャ人を銃で撃つこともできるし、誰も連れていってくれないのなら、自分ひとりでピローグを出すこともできる気がした。

「お願いします！　よく考えてください！　のちほど……」

「いますぐ用意するんだ！」

日差しはすでに強くなっていた。コンスタンチネスコはピスヘルメットを被って格納庫を出ると、水辺に並ぶ宿舎小屋に向かった。行商のボートはまだそこにあり、ティマールはふと、黙って拝借してしまおうかと考えた。しかし、ここでわざわざ事を荒立てるような真似をしたら、それこそ面倒なことになる。

コンスタンチネスコは周りに集まってきた黒人たちに話をしていた。彼らはティマールのほうを見て、次にピローグを見つめ、それから川下のほうを見やった。

「で、どうなの？」

「いまからだともう遅いと言っています。途中で一泊することになるそうです」

「かまわないさ」

「川の流れを考えると、戻ってくるのに三日はかかるとも言っています」

コンスタンチネスコは呆れを通り越し、気の毒そうにティマールを見た。きっと似たような例をいくつも見てきたに違いない。病気の経過観察をする医者のように、症状が悪化していないかティマールの様子をうかがっている。

「しかたありません。わたしも一緒に参ります」

「だめだ！　監督はここに残って、現場を見ていてくれ！　作業をストップさせたくないんだ。わかるね？」

コンスタンチネスコは黒人たちのほうに行っていくつか指示を出すと、ティマールのところに戻ってきた。

「いくつか気をつけていただきたいことがあります。まず、漕ぎ手にいっさいアルコールを飲ませないでください。悪いことは申しません。あなたもどうか控えてください。モーターボートならスピードが出る分、風が感じられますが、ピローグの場合、日差しははるかに危険です。野外で夜を明かす場合もあるでしょうから、ベッド・トランクをお持ちください。やはり……」

コンスタンチネスコはティマール以上にピリピリしていた。

「どうか、わたしも行かせてください！　あなたのことが心配です。考えてもみてください、あなたが行けば、むこうは混乱するばかりです。マダムがきっとひとりでなんとかなさいますから……」

「マダムから秘密でも聞かされたのかい？」

コンスタンチネスコは動揺した。

「いいえ！　ですが、なにがあったかは察しがつきます。どんなことになるのかも知っています。あなたはヨーロッパからいらしたばかりです。ここでの暮らしをまだご存じでない。ガボンに十年いれば……」

「ニグロを殺して気を紛らわすようになる！」

「そうせざるを得ないときもあるでしょう」

「監督は殺したことがある？」

「わたしが入植した当時は、白人がジャングルに入ると、一斉に矢が飛んできたものです」

「きみたちは銃で応戦したの？」

「知人の中には、黒人の集団にダイナマイトひと箱分を投げつけて、切り抜けた人がいます。ところで、朝食は召しあがりましたか？　悪いことは申しません。まずは食べることです。それからゆっくり考えて……」

「考えて……じゃあ、出発をとりやめよう……ってことかな？」ティマールは茶化した。「ありがとう、監督には感謝するよ……。おや、きみ、まだ出かけなくていいのかい？」

そこにやってきたのは、出発の準備を終えた行商の青年だった。青年はコンスタンチネスコに尋ねてくる。

「上になにか言伝はありますか？」

"上"というのは上流にある作業場のことで、先に行けば行くほどジャングルもますます鬱蒼とした。

「ちなみに、このあと、あなたが後任に就くことになっていたお爺さんのところに行くんです。ほら、後任者が来たら銃をぶっ放してやるって息巻いていた人ですよ……」

数分後、三人の白人は水際のガブーンの丸太のそばに立っていた。行商の黒人ふたりがボートのエンジンを始動させると、水面に半円を描いて波紋が広がった。

十二人の黒人たちがピローグの前で待っていた。ピローグにはすでにバナナやヤシ油、キャッサバが積みこまれている。気温はさらに上昇していた。風がそよぐたびに、焼きごてで撫でられるような感覚に陥る。コンスタンチネスコがティマールの目をのぞきこんだ。まるで「思いなおすならいまからでも遅くありませんよ」と言わんばかりである。

ティマールはタバコに火を点けると、残りを箱ごと監督に差し出した。

「ありがとうございます。あいにくわたしは吸いませんので」

「それは残念だな」

気まずい沈黙を避けるために、ふたりは無意味な会話をした。ティマールは館に続く斜面や、バナナの葉で屋根を葺いたばかりの真新しい作業員の宿舎、カポックの正面にある二階の窓を見つめた。

昨夜、あの窓からジャングルを眺めていたのだ。

「さあ、行くぞ！」彼はいきなり号令をかけた。

漕ぎ手たちはそれを理解して、ピローグに乗りこんだ。リーダーと思しき虫歯だらけの小男だけが、ティマールの乗船を手伝うために待っていた。コンスタンチネスコがためらいがちに口を開いた。

「失礼ですが……事を荒立てるおつもりではありませんよね？　とくにマダムを不利な立場に追いこむとか……違いますよね？　マダムは立派なかたです！」

ティマールは冷ややかに相手を見つめ、言い返そうとした。でも、やめた。言ったところでなんになろう？　彼は憮然とした表情で舳先のほうに座った。一斉に十二本の木彫りの櫂が垂直に立ち、それから水中に突き立てられた。


みるみる館の姿が消えていく。もう赤い瓦屋根しか見えない。やがて、ジャングルに鎮座するカポックの梢以外は見えなくなった。板根の発達したその乳白色の幹を最後に見たのはアデルのそばで身を横たえているときだった。彼女は裸で、すぐ手の届くところにいた。彼は息を潜め、眠ったふりをし、あくまで口を利こうとしなかった。あのとき、ひと言声をかけるか、ちょっと腕に触れるかでもすればよかったのではないか？

そのあと、彼女のほうからそっと触れてきたが、彼はまったく気づかないふりをしたのである。

いまや、ティマールは嫌悪感や、欲望や、絶望というより、アデルにそばにいてほしくて、泣きたい思いだった。

　ふたりは同じ川の上にいた。彼女は黒人の操縦するボートで疾走し、彼は揺れるピローグの船縁にしがみついている。ふたりの距離差はたぶん三十キロくらいだろうか。十二本の櫂が一斉に水から跳ね上がり、さんさんと降り注ぐ光の中で真珠の滴をしたたらせながら宙で一瞬動きを止め、それから下りてくる。男たちの胸底から呻きが上がり、哀切な調べを奏で、調べはずっと一定で、低く力強いリズムが一日の行程分の舟唄を紡ぎ出していく。

10

虫歯のリーダーが節をつけるように滔々と一連の言葉を唱えた。全員の櫂が水面から上がった瞬間、リーダーはいきなり黙った。ピローグの鼓動が一時停止し、揺れが収まる。

すると、十二人の声がリーダーの独唱に応えるように、単調な節に抑揚をつけて猛々しく唱和した。その間《かん》に櫂のほうは二回水中に潜っている。

再び、リーダーが裏声で唱える。

ちょうど櫂を二回漕ぐペースでそれが続いた。いつも同じタイミングで小休止があり、そのあとで、同じように熱狂的な唱和が始まる。

おそらく五百回は繰り返されているだろうか。一音一音聞き分けようとして、首を伸ばし、目を細くして、リーダーの独唱が始まる瞬間をうかがううちに、ティマールは気がついた。この一時間ばかり、リーダーは同じ言葉を発している！　ほんの一語か二語、変えているくらいで、あとは同じだ。リーダーは淡々と唱えていたが、漕ぎ手たちの顔は一節ごとにさまざまな表情を見せた。笑ったり、驚いたり、微笑んだり、感動したりしている。

そして、いつも十二本の木彫りの櫂が宙に持ちあげられるたび、十二人の声が力強く弾けるのだった。

ティマールはふと、自分が黒人たちに関心を寄せていることに気づいて驚いた。単なる好奇心ではない。好意的な気持ちからついしげしげと見つめてしまい、平和で穏やかな気持ちになっていたのだ。彼はそんな自分に困惑した。まるで、誰かに対し、自分自身に対し、自分が抱える深刻な問題に対し、裏切り行為を働いていたかのように気まずかった。

そのあとで彼はまた無意識のうちに振り返って漕ぎ手たちをひとりずつ観察しはじめた。川の流れには落差があり、穏やかだったり、急に激しくなったりした。ときには、全員で力いっぱい漕いでいるにもかかわらず、ピローグが横を向いてしまうこともあった。ひと漕ぎするごとに、大きな衝撃があり、舳先から艫《とも》まで揺れに揺れ、最初のうちはティマールも船酔いをした。いまではすっかり慣れ、同じく黒人の体臭にも慣れてしまった。黒人たちのほとんどが腰布だけの姿で、三人は丸裸だった。

黒人たちのほうも正面の白人に注目している。あるときは唱句がおかしいのか、笑いながら、またあるときは憤然と櫂を操りながら、ティマールのことをうかがっていた。

彼らはこちらのことを見定めようとしているのだろうか？　自分に対して、一般的な白人とは違うイメージを抱いているのだろうか？　ティマールのほうは、タトゥーというより芸術作品のような肌の彫り物や、銀の耳環や、縮れ毛に差しこんだ素焼きのパイプといった絵画的な外見に向ける好奇の目とはまったく別の眼差しを彼らに注いでいた。黒人を好奇心の対象以外のものとして見るのははじめてだった。

ティマールは彼らを人間として見ており、彼らの人間としての暮らしぶりを理解しようとした。たぶんジャングルやピローグや川のおかげで、その生活はいたってシンプルなものではないかと思われた。いま下っている川は何世紀にもわたって同じ形のピローグを海に運んでいったのだ。

彼らの生活は、たとえば、リーブルヴィルで暮らしている服を着た黒人やトマのようなボーイと比べても、はるかにシンプルである。

写真を撮れば、異国情緒あふれる絵のような情景が写っているだろう。ティマールには、写真を手に感嘆の声を上げる妹やガールフレンド、わけ知り顔で笑う友人たちの姿が想像できた。ピローグがあって、その前に白い三つ揃いを着てピスヘルメットを被ったティマールが立ち……バナナの葉でこしらえた日除けは黒人たちが黙って用意してくれていたもので、ティマールは〝偉い人〟ではないとしても、少なくとも〝大事な人〟だと思われており……ピローグの脇には全裸や半裸の漕ぎ手たちがずらりと並んで……。まさに植民地暮らしの月並なイメージである。

ところが、実際は絵画的な光景どころではない！　それはごくあたりまえの平和な光景なのだ。ティマールは自分のことを考えるのを忘れ、考えるという行為すら忘れていた。形象や感触、においや音を記憶に焼きつけるいっぽうで、暑くて体がだるく、光が眩しくて目もまともにあけていられなかった。

結局のところ、この黒人たちはなにより元気で、純朴なところがある少年のようだった。ピローグが村やぽつんと一軒だけ建つ小屋の前を通過するとき、彼らは甲高い声で叫んだ。それから猛烈な勢いで櫂を漕ぎ、スピードを思いきり上げてみせた。櫂を頭上に振りあげ、全員で誇らしげに歓喜の雄叫びを上げると、岸辺からも叫び声が返ってきた。

ある場所では、岸辺にいた黒人の子どもたちが水に飛びこみ、無謀にもピローグと競争しようとした。すると、漕ぎ手のひとりがティマールに人懐っこく促した。

「タバコ！　タバコをやれ！」

男は身振り手振りで、川にタバコを投げるように伝えた。ティマールはひとつかみのタバコを放ってやり、遠くから見守った。きらめく水飛沫を上げながら、子どもたちはずぶ濡れになってタバコを奪いあった。そして、戦利品を手にすると得意げにジャングルのほうへ走り去っていった。

なんと平安なことか。平安、彼が感じたのはまさにそれだった。しかし、なぜかそこには哀しみも感じられた。なにに対する優しさかははっきりしないが、彼の中には優しい感情が生まれていた。これまで異様な高揚感しかもたらさなかったこのアフリカの地について、彼はもう少しで理解できそうな気がした。

流れの穏やかな場所にさしかかると、黒人たちは水に入り、岸までピローグを押して、ロープで係留した。岸辺にはティマールと彼らしかいなかったが、言葉が通じなくても心配は無用だった。不安の影さえなかった。それどころか、ティマールは保護されているように感じた。黒人たち全員が、まるで大事な子どもを預かっているかのように接してくれていた。

再び彼らは川に入り、それぞれ膝や臍までつかって、頭から水をかぶった。そして、水を口に含み、うがいをしてから吐き出した。

ティマールも、冷たい水の感触を楽しみたくなった。ティマールが立ちあがると、先ほど独唱していた虫歯の男が彼の胸のうちを見抜いて、首を横に振った。

「白人はいけません！」

白人はいけないのか？ なぜだろう？ 不思議だったが、ティマールは素直にリーダーのいうことを信じた。そのあと、昼食をとるよう促され、彼はパテの缶詰をあけた。黒人たちのほうはキャッサバやバナナをかじるだけである。ジャングルは鬱蒼として暗かった。ふと彼らは耳をそばだてて、暗がりのほうをうかがうと、顔をほころばせた。ティマールは何事かと思い、そばにいた男に目で尋ねた。男は顔をしかめてみせてから、大声で笑って教えてくれた。

「マカク[16]！」

サルの姿は見えなかった。木の上にいるらしく、鳴き声だけが聞こえた。昼食が終わると一行はすぐに出発した。太陽の位置はかなり高いところにあった。ティマールは二度三度とスキットルのウィスキーで喉を潤していたが、すぐにうとうとと気持ちよくなってきた。

漕ぎ手たちをずっと見ているうちに、いつしか彼はささやかなゲームを始めていた。ゲームは、自分のよく知るヨーロッパ人と黒人たちとのあいだに類似点を見つけるというものだった。

そのあと、彼の思考はあちこちに飛んだ。フランスからリーブルヴィルへ、総督、警察署長、ブイユー、そして、アデル……。そのあいだに魔法は完全に解けてしまった。彼はもうなにも見ようとせず、目を閉じた。自分の内部になにか発作的なものが沸き起こるのが感じられた。

まるで胸の中で怒りが膨張しているようだった。酒をあおって暴れたくなり、大声で叫びたくなった。誰かを、自分自身を痛めつけたかった。一瞬、彼は薄目をあけ、ずっと同じ旋律を歌いつづける黒人たちに向かって怒鳴った。

「うるさい！　黙ってろ！」

黒人たちはとっさに理解できなかった。先頭の虫歯の男がいくらかフランス語がわかるらしく、振り向いて仲間に伝えた。抗議する者はいなかった。彼らはあっさり押し黙り、白人をじっと見た。十二対の双眸にはなんの感情も表れなかったが、それがまたティマールの癇に障った。ちょうど飲みたいときだったからなおさらだった。平然とリボルバーで射殺されるのは、こういう人間どもなのだ！

黒人はなにかのついでに、悪気もなく毒を盛る。誰かにそう言われなかったか？

悪気がない、とは……笑止の沙汰だ。彼はその言葉をゆっくり噛みしめた。ここでは人が悪気もなく殺しあう。白人は黒人を殺すし、黒人は黒人同士で殺しあい、まれにだが、ヨーロッパ人を襲うこ

16　オナガザル科マカク属に分類されるサル。

ともある。そこに悪意はない！　なぜなら、生きるためだからだ！　人殺しの顔を持つ者はいない！　たぶん、虫歯の男も誰かを殺しているのではないか？　じわじわと腸《はらわた》に穴があくように、毒に浸した体毛をごく少量ずつ食べものに混ぜこんでいくのだ！　あるいは、死んでもらいたい者の小屋の前に毒の棘を蒔いておくとか！

再びピローグが停止した。どうしたのだろう？　その理由はすぐにわかった。太陽の位置が変わり、ティマールの首筋がじりじりと焼かれていたのだ。漕ぎ手ふたりが彼のうしろに来て、青々としたバナナの葉で日除けを作ってくれた。だが、このふたりにしても、きっと毒を盛ったことがあるに違いない！

ティマールはさらにウィスキーを飲んだ。しかし、いつものような効き目は現れない。怒る気にもなれず、苛立ちもせず、彼は横になって目を閉じた。よくない考えばかりが頭の中を巡っていた。

日が落ちると、やっと彼は現実に戻った。黄昏どきの余韻に浸る間もなく、油の滲《にじ》みが広がるように、闇が空を覆っていった。ピローグは水がよどんでいる水域に入りこんでいた。川幅は広く、ピローグの周辺やとくに木々の生い茂った岸辺の水は黒々としている。はるか彼方からタムタム太鼓の音が流れてきた。黒人たちは白人に禁じられたのでもう歌いはしなかったが、なるべく声を殺して、めいめいで拍子を取っていた。

ここがどこかを訊くのは無駄というものだ。わかる者はいないだろうし、どのみち答えが聞けたところでティマールには理解できない。どこで寝ればいいのか？　こんな場所でいったい自分はなにをしているのだ。アデルは二、三日で戻ってくると告げていたではないか。なぜ、あの館で待てなかったのか？　少なくともあそこなら、白人は自分ひとりではないのに。

リーブルヴィルに着いたら、どうするつもりか？　いや、そんなことはまったく考えていない。要するに、彼は子ども扱いされたくなかった。そして、共犯者と見なされることを恐れていた。というより、嫉妬していた！　そう、なにより、それだ！　ブイユーはあの土地になにをしにきたのか？　なんでまた、アデルは嘘をついたのか？

再び懸念が生じた。彼は生ぬるくなったウィスキーをひと口喉に流しこんだ。とたんに胃からこみ上げてくる感じがあり、彼は一瞬、船縁から身を乗り出した。

闇が船体をすっかり包みこみ、もはや黒人たちはてんでばらばらに漕いでいた。彼らは必死になっていた。櫂同士がぶつかることもあった。彼らの視線は白人には注がれず、しきりにジャングルの方向をうかがっていた。そして、ついにピローグは大きく弾むように岸に乗りあげ、舳先を下生えに突っこんだ。

ひとたび陸地に上がると、ティマールはそこがどこなのかわかった。そこはあの村だった。ボートで上流に向かう途中で寄った村、市場が開かれていた村だ。アデルが原住民の小屋に入りこんだ村、市場でバナナを二本くすねて食べた村だ。

小屋に囲まれた空き地の中央では火が焚かれていた。焚き火の周りにしゃがみこむ人影が見えたが、ティマールは近づく勇気がなく、漕ぎ手たちにあとのことを任せた。なかでも虫歯の男のことはガイド役を兼ねたリーダーと見こんでいたので、頼りにしていた。

村人たちは立ちあがらずに、ただこちらに顔を向け、様子をうかがっていた。漕ぎ手たちはピローグからティマールのベッド・トランクと食糧を下ろした。三人がそれらを全部村の中央に運んだ。リーダーがティマールについてくるように合図した。

リーダーが村人と交わした言葉はほんのわずかで、なんと二十語にも満たなかったが、それで交渉は成立した。リーダーは小屋の扉を次々とあけ、ちらっと中をのぞいて確認していったが、住人からの抗議はなかった。そのあと、リーダーは一軒の小屋から老婆を追い出した。それは先日市場で品物を並べていた老婆だった。

老婆の小屋にベッド・トランクと食糧が運びこまれた。リーダーは中にあったゴザを外に放り投げると室内を示し、まじめくさって言った。

「どうぞ！　こちらへ！」

それから、リーダーは灯りの点る小屋の真ん中にティマールをひとり残して、そっと出ていった。ティマールの背丈では小屋の中央にしか立つことができなかった。中はひどく煙臭かった。どうやら昼のあいだも火を絶やさずにいたらしく、灰がまだ温かい。

ティマールはベッド・トランクの構造を知らず、組み立てるのに難儀した。十分ほど格闘したところで、ようやくベッドの形になると、彼は小屋の入口に立ち、タバコに火を点けた。漕ぎ手たちが村人と一緒に火を囲んでいた。そろそろ食事が終わるところだろうか。そのシルエットで、皿から茹でたキャッサバを手で掬うようにしているのがうかがえた。

先ほど船上で詠唱していたリーダーさながら、立て板に水のごとくしゃべりつづけている者がいる。というか、リーダー本人に違いない。声がそっくりだからだ。リーダーは早口でいくつかのフレーズを口にした。どのフレーズも同じように聞こえる。そのあと、リーダーが黙ると、漕ぎ手たちが唱和する代わりに、その場に笑いの渦が巻き起こった。

自分の噂をしているのだろうか？　ティマールは一瞬そう思って、炎に明々と照らし出された面々を観察し、結局、一同はたわいのない話をしているのだと確信した。虫歯のリーダーはただとりとめもなく言葉を発しているだけで、誰もがその快い響きと自身の笑い声に酔っているに違いない。彼らは言葉の意味など気にせずに夢中でしゃべる子どものように楽しんでいるのだ。

辺りには、薪《たきぎ》や得体の知れないスパイスの香ばしいにおいがたちこめていた。かすかに黒人たちの体臭も漂ってきた。ところが、いまやその体臭がティマールを惑わせていた。

腹が減っていないので、彼は缶詰をあける気にならず、たまにアルコールを口に含んではタバコを吸った。みんなからは、小屋の暗い入口を背に彼の白い姿がくっきりと見えるはずだ。しかし、誰もこちらを見ようとせず、彼は侮辱されている気がして、ほとんど淋しいような気持ちになった。

「タバコは？」彼はいちばん近い黒人にタバコを一本放った。

コンスタンチネスコが入れておいてくれたらしく、ベッド・トランクの中にはタバコが二十箱あった。黒人はタバコを拾って少しためらい、それから立ちあがると、タバコを仲間に見せてはしゃいだ。するとひとりの老婆がこちらを振り向き、おずおずと両手を差し出した。

ティマールはひと箱丸ごと投げた。いくつかの影が這いつくばって、タバコに集《たか》った。いっぽう、もっと大胆な者たちは立ちあがって駆け寄り、笑ったり叫んだりしながら手を出した。男も女もいる。彼らが体に軽く触れてくるのがわかって、ティマールはつま先で立ち、両手を彼らの頭の上に挙げざるを得なくなった。

押し寄せてきた集団からはますますきつく体臭がにおった。その中には胸の脹らみかけた少女らもいたが、ティマールの目はひとりの美しい娘に釘付けになった。先日、ボートの舵取りと微笑みを交わしていた娘である。

彼女はすぐそばにいて、年下の少女たちほど厚かましくはなく、自分のほうにタバコを投げてくれるよう目で訴えていた。

ティマールはたて続けに三回タバコを投げた。そのたびにタバコは宙でキャッチされてしまうか、地べたで埃を巻きあげながら子どもたちが足で奪いあった。

娘の乳房は豊かでかたく張っていた。上半身に比べて腰は思春期の少女のように細いのに、腹部は子どもよりもずっと丸みを帯びている。娘とティマールは興奮のるつぼの中で見つめあった。娘はしきりに訴えかけるが、ティマールとしては微笑むしかなかった。

娘のほうへ最後のひと箱を投げると、ティマールは叫んだ。

「これでおしまい！　タバコはもうない！」

しかし、周りの連中はなおも手を伸ばしてやまない。それを制したのが虫歯のリーダーだった。白人にはもう人にやるものがないのだと説明してくれたに違いない。集団は押し寄せてきたときと同じ勢いでさっと退き、次の瞬間、全員が焚き火の周りにしゃがみこんでいた。黒人たちはさっそくタバコを吸いはじめ、分厚い唇をすぼめて吐き出した煙を誇らしげに眺めている。たいていが一本のタバコを三人か四人で回して吸っていた。


ティマールは小屋の前にひとり取り残された。もう寝ようとしたが、黒人の娘のことがずっと頭から離れなかった。それは荒々しい肉欲とは違う、優しさを求める気持ちに近かった。彼は低いベンチに腰かけた。自分用にタバコを残しておくのを忘れていた。村の女たちは赤ん坊を連れてめいめい小屋に引っこみ、まもなく小屋からは物音がしなくなった。もう火に薪がくべられることはなく、漕ぎ手たちが真っ先に腰を上げた。

彼らはどこで寝るのだろう？　むろんティマールには知る由もないし、そもそも彼にとってはどうでもいいことだった。ティマールはきょろきょろと娘の姿を求めたが、娘はいなくなっていた。いつ仲間から離れて、どの小屋に向かったのか？　ティマールは平静でありながら、ずっと淋しさを覚えていた。ひどく人肌恋しいような淋しさだった。焚き火の周囲には五、六人の人影しかなく、もう話している様子もない。彼は左を見て、右を見た。

突然、彼はビクンと震えた。すぐそこにあの娘がいたのだ。暗がりのなか、隣の小屋の壁にもたれ、彼のほうを向いて立っている。彼の欲望を見抜いていたのだろうか？　相手が白人だから、恋心を抱いたのか、ただ言いなりになろうとしているのか？

きっとブイユーなら、喜んで小屋を指さし、ついてこいと合図するだろう。ティマールにはそれができなかった。そばに寄る勇気もない。おのれの不甲斐なさを痛感しながら、なかなか声をかける決心がつかない。

彼は小屋の入口に立ち尽くすのみだった。すると、娘のほうからそろそろと一歩ずつ近づいてきた。彼にその気がないなら立ち去るつもりだろうか。彼はその場を動かなかった。だが、われ知らず手招きをして、娘を通すように体を脇にずらしていた。

娘は素早く中に入ると、息を弾ませて立ち止まった。焚き火のそばの村人はこちらに気づいていないようだ。彼は扉を閉めたものか迷ったすえ、閉めないでおいた。娘にはなんと声をかければいいのか。いずれにしても、なにか言ったところで相手は理解できないだろう。

娘はもう彼のことを見ていなかった。うつむいてじっと地面を見ている。恥じらうところはヨーロッパの若い娘と変わらない。違うのは、なにも身につけていないことだ。小さな茂みを隠す覆い以外は。

彼は娘の肩を軽く叩いた。自分からニグロの体に触れるのははじめてだ。肌がすべすべしている。彼は相手の筋肉がピクッと震えるのを感じた。

タバコがないことは承知していたが、それでも彼は探すふりをした。娘になにかを贈りたかった。ベッド・トランクの中にあったのは水筒ぐらいで、あとはもうなにもない。ポケットを探ると、手が懐中時計に触れた。伯父から贈られたものである。時計はチェーンでつないであったが、チェーンごとさっと外して差し出した。

「あげる!」

彼はそわそわした。振り返って外を確かめると、焚き火の周りにはもう誰もいない。これからどうするか? どう振る舞おうか? 彼女を抱きたいのか? 自分でもなにがなんだかわからない! 口の中がからっからに乾いていた。娘は手をお椀にして金のチェーンを持ったまま立っている。

彼は娘に向きなおると、再び肩に触れ、そのまま手をそっと胸まで滑らせて、乳房全体を撫でまわした。

娘は彼に自信を持たせるわけでもなく、落胆させるわけでもなく、チェーンを見つめていた。

「おいで」

ティマールは娘の手を引き、トランクをあけて広げた狭いベッドに向かった。娘はおとなしくついてきた。

「きみは、つまり、その……」

ティマールは娘に経験があるのかどうかを訊こうとした。もしも処女ならやめておくつもりだったのだが、娘には言葉が理解できなかった。

「座りたまえ」

彼は手で両肩を押さえつけて娘をベッドに座らせた。そのあと、はなはだ決まりが悪くなり、ベッドに背を向けウィスキーをあおった。

そして最後、鍵のない扉を荒々しく閉めた。

11

思わぬ災難がふりかかり、ティマールは不機嫌になった。ピローグが急流にさしかかったときのことである。いきおい興奮した漕ぎ手たちは嬉々として、口をあけて呼吸しながら力いっぱい櫂を漕いだ。これまでにないほどスピードが出ていた。川のカーブで流れが渦を巻くのを見てとると、漕ぎ手たちは巻きこまれないように一気に通過しようとした。

すると、進路方向に木の枝が束になってたゆたっているのが見えた。こんもりと葉を茂らせ、まるで小さな島のようである。まだ、じゅうぶん避《よ》けられるくらいの距離があったが、漕ぎ手たちはおもしろ半分に体を片舷に傾け、夢中で漕きだし、ピローグは逆に浮き島に近づいていった。

二十四の大きな瞳が子どものように愉快がってキラキラ輝き、浮き島と渦と白人をかわるがわる見つめた。彼らはティマールにスリルを味わわせるため、そしてまた、自分たちもスリルを求め、浮き島すれすれのところを通ろうとしていた。

ピローグは枝先をぎりぎりかすめるようにして進んでいたが、不意に衝撃があり、座礁して船体が傾いてしまった。

ティマールに立ちあがる余裕はなく、すぐにはなにが起きたのか理解できずにいた。とりあえず、大事には至らなかった。水没している枝にぶつかって転覆しそうになったところを、漕ぎ手らが力を合わせてバランスを立て直したのだ。

ピローグは半分ほど浸水して、ティマールは座ったまま水に浸かっていた。

彼はかっとして、いきなり大声で罵ったが、黒人たちには通じない。濡れそぼって汚れた自分があまりに情けなく、彼はますます怒り狂った。

不機嫌になったもうひとつの理由が、タバコを切らしてしまったことである。その日の朝、彼は原住民の村の小屋で目を覚まし、黒人の娘とベッドを共にしたことを思い出した。娘はもう隣にはいなかった。いつ立ち去ったのかはわからない。

彼は黒人たちを伴い、ピローグの待つ岸辺に向かった。岸辺には老婆や子どもらがいて、その中にティマールが抱いたあの娘もいた。娘はしゃしゃりでることもなく、そばに寄ろうともしない。なんのそぶりも示さなかった。

彼は立ち止まろうとしたが、気が変わり、ピローグの舳先寄りの席に腰を下ろした。黒人たちは櫂を握り、めいめいの持ち場で待機していた。

娘は木漏れ日の中に立っていた。いつの間にか村人の群れから離れていたのだ。彼女はティマールを見ていた。

十二本の櫂が水中に突き立てられた。ピローグは一挙に五十メートル先の本流に乗った。そのときはじめてティマールは、娘が腕を上げて――むしろ、ほんの十センチかそこら、わずかに腕を動かしただけだったが――、別れの挨拶をしようとしていた印象を持った。

それでもやはり、衝突をしたときに木の船体に少しひびが入ってしまったらしい。漕ぎ手のひとりが両手を揃えて水を掻き出していた。

ティマールはそれをずっと見守っていたが、やがて残っていた缶詰を取り出し、中身を川に捨てて空き缶を黒人に渡した。

たちまち、十二人の視線がとてつもない驚きをこめて空き缶に注がれた。黒人たちはパテの缶詰が十二フランもして、自分たちの二週間分の稼ぎとほぼ変わらないことを知っていた。柄杓代わりに空き缶を持たされた男は、陽光を受けて玉虫色に輝く水の中できらめく金属を振るう喜びに浸り、ほかの仲間たちは男をうらやましげに見つめた。

ティマールはもう黒人たちのことは眼中になかった。目的地に近づくにつれ、彼は再びアデルのことが気になった。彼女は前日の、それもたぶんまだ明るいうちにリーブルヴィルに到着しているはずだ。モーターボートだから、うまく本流に乗ってスムーズに川を下っていったに違いない。昨夜はどこに泊まったのだろう？　誰と食事をしたのか？　朝を迎えてからはどうしているのか？

村を発ってしばらくは、彼の頭にはまだあの黒人の娘のことがあった。ところが、太陽が天頂を通過してからは、彼の脳内はすっかりアデルに占領されていた。とりわけ、彼女と過ごした最後の夜のことが生々しくよみがえってきた。あの夜、ふたりは暗闇のなか、並んで横たわり、互いに天井を見つめ、寝たふりをしながら、神経を研ぎ澄ませて相手の様子をうかがっていたのだ。

ティマールはバナナをかじった。むこうに着くのは何時ごろになるだろう？　見当もつかないが、虫歯のリーダーに質問をぶつけることができなかった。時間はゆっくりと流れていた。ティマールは二度舟を止めさせ、バナナの葉の日除けを調節させた。一度などは文句を言った。

「さっさと歌ったらどうなんだ！」

黒人たちがぽかんとしているので、ティマールは前日に彼らが歌っていた節を口ずさんだ。すると、くびきから解放されたように黒人たちは顔を見合わせ、それからリーダーが、前日に聞いたときより長々と勢い豊かに歌いだした。

ティマールは聴いていなかった。五分後には、もはや歌が続いていることさえわからなくなっていた。なぜブイユーはあの土地に来たのだろう？　なぜアデルは黙って出発したのだろう？

彼は二、三度うたた寝をしたが、どれもごくわずかな時間だった。うたた寝というよりは、暑さや川面の照り返しのせいで陥った鈍麻状態というべきか。ついに、木々のうしろに日が沈み、短い黄昏が訪れた。多少は気温が下がった感があり、暴力的な光が和らいで、周囲のものがもとの色を取り戻した。十五分後、辺りはすっかり暗くなっていた。リーブルヴィルにはまだ着いていない。ティマールは憤慨した。漕ぎ手たちに問いただすことすらできないので、なおのこと腹立たしかった。

闇の中を一時間ほど漕いでいったところで、緑と赤の灯火が見えてきた。上を向くと、空に一点、星とは違う光が輝いている。同時に、蓄音機から流れる音楽や床の上を慌ただしく行き来する靴音が聞こえた。

そのまま進んでいくと、すぐ目の前に貨物船が姿をはっきりと現した。貨物船はいまにも河口に到達しようとしていた。ここで別の船が丸太を積んでいるのを見たことがある。レコードが終わった。蓄音機のアームを上げるのを忘れているらしく、針が盤を擦る音までが伝わってくる。

ライトがぱっと点灯した。強い光が放たれ、光線は水面に何度か円を描くように動いたあとで、ピローグの存在に気づき、追いかけてきた。光は船橋から伸びていた。手すりにもたれた男が三人、白人の乗ったピローグが通るのを眺めている。

「おーい」ひとりが叫んだ。

なぜなのか自分でもわからないが、ティマールは返事をしなかった。彼は顔をしかめ、自分の世界に閉じこもっていたが、ピローグが大波に持ちあげられて縦揺れが始まったとたん、はっとした。目の前に海が広がっていた。照明の並ぶ右手が波止場である。世界のどこにでもあるような波止場、ヨーロッパに実際にあるのと同じ波止場だ。暗闇の中を突き抜ける車のヘッドライトが見える。

接岸したのは、毎朝、漁師たちのピローグの横で市場が開かれている砂浜だった。波止場を通る黒人たちは白人のように服を着ていた。アラブ人の格好をしている者もいる。ティマールは長旅から戻ってきたような気がした。

電灯の光が並木道の赤い色をどす黒く見せ、反対に、草木はファイアンス焼き[17]のような明るい緑に見える。とりわけ、ココヤシは下から葉を照らされ、ビロードのような夜空を背景にくっきりとシルエットを浮かびあがらせており、風景全体が舞台のセットを思わせた。

さらには、喧騒、人声、靴音、ものが軋る音。見知らぬ通行人に、車が一台。搭乗者からすれば、まさか暗闇からこんなふうに旅人が現れるなど思いもよらないだろう。

裸の黒人三人は布を帯のようにして腰に巻き、あとの者たちは砂浜にピローグを引き揚げた。ティマールは迷っていた。黒人たちにあのジャングルの土地に帰るように命ずるべきか？　それともそばに置いておこうか？　食事はどうする？　寝る場所は？　町で迷子になりはしないか？　ティマールは虫歯のリーダーのそばに寄り、なんとか説明しようと努めた。

「ここで寝られるか？」

そして、頬に手を当てて頭を横に傾け、目をつむってみせる。

リーダーはにっこり笑い、大丈夫だと身振りで示した。

「マダム、会います！」

リーダーは女主人に会うつもりでいる！　誰がいちばん偉いのかわかっているのだ！　ティマールなどは旅行者に過ぎない！　序列からすると、彼はマダムの厄介になっている人間という位置づけなのだ。原住民語を話したり、ピローグの上を飛ぶカモをしとめたりしないのだから、本物の入植者とはいえない！　彼はタバコをくれる人！　黒人を殴らない！　どこで舟を止めるのか指示を出さなかった！　ただの素人、通りすがりなのだ！

「わたし、マダム、会います！」

ティマールはリーダーに背を向け、街灯が照らす道に向かった。昼間のアクシデントのせいでズボンは汚れてしわくちゃだった。おまけに、三日間手入れをしていないので無精髭が伸びていた。街灯の光の輪の中をとぼとぼと歩いていると、横を車が一台通り過ぎていった。車は速度を緩め、運転手が窓から身を乗り出してこちらを見た。ティマールはすぐに警察署長だと気づいた。署長はそのまま車を走らせながら、二度振り返った。

ホテルまでは三百メートルもなかった。物陰で、青いパーニュの黒人の女が、身なりのいい現地の男に体をすりつけながらケラケラ笑っていた。女は肥満ぎみだった。町の女たちはみなそうである。女は縮れ毛を高々と複雑な形に結っていた。ジャングルや僻地では白人に敬意を払うことは通例だったが、この女にはそういった常識は通用しないらしい。ティマールがそばを通りかかると、女は口をつぐんで視線を寄越したが、五メートルと離れないうちに、再び大声で笑いだした。

そんなのはほんの些細なことに過ぎない。ただ、ティマールに影響を及ぼさなかったかというと、それは大違いで、ティマールが不機嫌になる理由を増やすことになったのだった。

17　錫釉《すずゆう》を用いた色絵陶器。ファイアンスはイタリアの陶業地ファエンツァに由来する。

ホテルでは音楽が流れていた。何十回となく耳にしたハワイアンのレコードがかかっていて、それに交じってビリヤードの球を撞く音が聞こえた。

ティマールは中に入る前にいったん立ち止まり、眉根を寄せ、知らず知らずのうちに凄みを利かせようとした。しかし、誰も彼に気づいていない。樵夫と太鼓腹の公証人の書記がビリヤードに興じていた。ふたりともこちらに背を向けて立っており、ちょうど店内からの視線を遮るような具合になっている。蓄音機のそばのテーブルでは密談でもするように四人の男が身を寄せあっていた。壁の時計は十一時を指していた。カウンターのむこうには誰もいなかった。後ずさりをした書記がティマールにぶつかって振り向いた。

「やあ! これは、これは、坊ちゃん!」

ティマールは相手の表情に困惑の色を感じ取った。

「おい、みんな、お客人だ!」

全員の目がティマールに向けられた。ひどく驚いている様子でもない。ただ、迷惑がっていることがありありとうかがえた。明らかに彼は厄介者なのだ。全員が互いに視線を交わした。四人の中にいたブイユーが立ちあがり、彼の前に来ると、見かけだけは陽気に叫んだ。

「いやあ、まさかまさかの不意打ちだな……」

しかし、ブイユーはティマールが来ることを予期しており、それ以上に恐れていたに違いなかった。

「てことは、空を飛んできたわけかな?」

「ピローグで」

客のひとりがヒューと口笛を鳴らした。

「なにか飲むかい?」

無視するわけにもいかず、ティマールは差し出された手をしぶしぶ握った。ビリヤード台のふたりはゲームを続けていた。誰かが蓄音機のレコードを交換した。

「食事は?」

「まだ……。でも……腹は減っていないから……」

「賭けてもいいぜ。どのみち、ここ何日かはキニーネを飲んでいないんだろ? おたくの目を見りゃわかるよ」

嬉しそうに馴れ馴れしい調子で話しかけてくるが、態度がどことなくぎこちない。ブイユーが座っていたテーブルから、片目の樵夫が災難に遭ったような目つきでティマールを見つめている。突然、その隣にいたマリタンが立ちあがり、ティマールとさっさと握手を済ませて、暇を告げた。

「おやすみなさい。もう遅いので帰ります」

まるで一悶着起きるのを恐れ、目撃者になるのはごめんだと言わんばかりに、逃げるように去っていった。ティマールにとって、なんとなく芝居じみた状況でこんなふうに注目を集めるのは、はじめてのことだった。彼は腫れものに触るように扱われる存在なのだ。なぜなら、恐れられているから。

ポケットにリボルバーを持っているようなものだった。

「一緒に乾杯しようじゃないか！」

ブイユーがカウンター席に誘い、自分は反対側に回って、グラスふたつにカルヴァドスを満たした。

「乾杯！　まあ、かけたまえ」

ティマールはスツールに腰かけると、みんなの視線を背中に感じながらグラスを一気に空けた。騙されるものか！　背後のビリヤード台では、球を撞くと見せかけて、もうゲームをしていないし、右手の蓄音機のそばでも、会話を続けるふりをしているだけだ。そんなことなど、ティマールにはお見通しだった。

客たちの関心事はただひとつ、ティマールとホテルのオーナーのやり取り、というよりむしろ、ふたりのあいだにどんな攻防が始まるのかということだった。

「ここは以前と変わりませんね」と言いながら、ティマールは空のグラスを差し出した。

相手が一瞬たじろいだ！　ブイユーが怖がっている！　それで彼はことさら陰険な様子で凄んでみせ、わざと素っ気ない態度で、ありもしないのに確信を持っているふりをした。

「アデルは？」

ブイユーはカルヴァドスのボトルを手に芝居を続け、時間稼ぎをしようとした。

「あいかわらずぞっこんなんだね？　ハッハッハ……人里離れた場所でふたりきりなら、きっとうまくいくよ！」

それは違う、全然違う！

「彼女はいま、どこですか？」

「どこですかって？　そりゃ、こっちが訊きたいくらいだよ」

「ここには泊まっていないんですか？」

「なぜここに泊まるんだね？　さあさ、ぐいっとやってくれ！　なあ、ピローグで川を下るのにどれくらいかかったのかい？」

「そんなことはどうでもいいでしょう！　それより、アデルはここには来なかったんですね？」

「そうは言っていないさ！　来るには来たが、いまはここにはいない」

ティマールは両手でボトルを奪いとると、自分でグラスに三杯目を注いだ。それから、いきなりビリヤード台のほうを振り返り、じっと耳をそばだてていたふたりを慌てさせた。

「あんたの勝ちだ！　いいショットだったよ！」書記が勢いよく言った。

こんなに神経が昂りながらも、こんなに頭が冴えていたことはなく、ティマールはなんでもできそうな気がしていた。常軌を逸した行動に出たとしても、冷静にやり遂げられそうだった。彼はブイユーに向きなおり、さらに険しい視線を投げかけた。自分でも恐ろしい形相をしている自信があったが、周りには熱に浮かされた病人のように見えているとは知る由もなかった。樵夫たちが恐れをなしたのは、ブイユーがグラスを取りあげるほど、彼が血の気のない顔をして異様に興奮していることだった。

「こっちで話そうか」

ブイユーは誰にも聞かれずに話せる隅のテーブルにティマールを案内した。そして、ボトルとグラスを置くと、テーブルに両肘をつき、片手をティマールの手に伸ばした。テーブル席にいた客たちはぶつくさ言いながら、帰り支度を始めた。

「また明日な、ルイ。みんな、おやすみ！」

おもてを歩いていく客の足音が聞こえた。カフェに残っているのは、やけに活気づいたビリヤードの二人組だけになった。

「静かにしてくれ！　馬鹿騒ぎをするような時間じゃないぞ」

偉そうだが情はありそうなブイユーの口調に、ティマールは思春期に厄介になった司祭たちの声を思い出した。

「もうお芝居はよしましょう。お互いに大人なんですから」

ブイユーはティマールの顔をじっと見つめ、グラスに口をつけたが、ティマールがボトルを摑むと取りあげた。

「もうやめておけ！」

先住民族の仮面はパステル調の壁のいつもの場所に飾られていた。カフェの中はなにも変わっていなかった。カウンターのむこうに黒い絹のドレスを着たアデルがいないことを除いては。カウンターで真面目な顔で計算をしていたり、組んだ手に顎を乗せて物憂げに前を見つめたりしていたアデルは、もうここにはいない。

「明日が裁判なんだ！　いいか？」

ブイユーの顔はティマールの顔のすぐそばにあった。なんともおかしな顔立ちをしている！　こうして間近に見ると、思っていたほど獰猛な顔でもないようだ。一度ならず二度までも、ある聴罪司祭の記憶がティマールの脳裏を過った。その司祭もブイユーのようにぶっきらぼうな物言いをしていたのだ。

「すっかり段取りはついているんだ！　アデルのことは心配するな！　ただ、いろいろとやらなきゃならないことがあってな」

「アデルはどこです？」

「だから、知らないと言ったじゃないか！　あんたのことは法廷では話さないことになっている。あんたがリーブルヴィルにいることは、人に知られないほうがいい。わかるよな？　アデルはいい娘《こ》なんだぞ。八年も十年も服役するには及ばんよ」

ティマールは言葉を聞いて理解したが、同時に、まるで格子を成している言葉を透かして理解しているような気がした。

アデルはいい娘《こ》なんだ！　それが連中の言い種なのだ！　それはそうだろう。全員、彼女と寝たことがあるのだから！　みんなが同類、同じ穴の貉なのだ！　連中にしてみたら、彼は厄介者というわけだ！

ティマールは怒ってなにも聞こうとしない子どものように質問を繰り返した。

「彼女はどこですか?」

ブイユーは気を挫かれそうになって、グラスの酒に口をつけたが、ティマールに飲ませないようにするのは忘れていた。

「いいか、ここでは白人同士、持ちつ持たれつの関係なんだ。彼女がしたことは、そうせざるを得ないことだった。それについて議論したところで、なんにもならん。いいか、もう一度言うが、すっかり段取りはついている。あんたはもう待つしかない。そして、信じるしかないんだ……」

「あなたが彼女と愛人関係にあったときは……」

「違う。そいつは誤解だ!」

「でも、あなたは言っていましたよね……」

「そういう関係じゃないんだ! そこのところは察してもらわんと。なんせ状況が状況なんだから。俺が言ったのは、アデルと寝たということだけだ。ほかの連中だって同じだよ。愛人関係なんかじゃない!」

ティマールはけたたましい笑い声を上げた。

「何度でも言ってやるよ。愛人関係なんかじゃない! だから、認めるわけにはいかない。いまのあんたらの関係だって……」

突然、ティマールの顔から血の気が引いた。両手で拳を握りしめている。それを見て、ブイユーは慌てて先を続けた。

「生きていくうえで必要なことがあるんだ。あの当時、アデルはウジェーヌに監視されていたからな。あんた、まだピンと来てないようだな。アデルと寝てもウジェーヌには決して嫉妬されなかったってことが、愛人ではないっていう証拠なんだよ。ウジェーヌのほうはそうする必要があることがわかっていた」

ティマールは笑った。笑いながらも、屈辱のあまりいきなり泣きだしてしまわないか、自分に自信が持てなかった。

「俺たちここで暮らす人間や、総督のようなお偉いさんがたは、彼女にとっては、いわばご挨拶のような、仕事上必要なものだったんだ……」

ブイユーの声はさらに厳しく、ほとんど威嚇するような調子になった。

「俺はな、アデルとは十年前からのつきあいなんだ！　なのに、あんたとは一線を越えちまうなんて。こんなことははじめてじゃないだろうか。前もってわかっていたなら、俺はなんとしても阻止したさ。それだけだ！」

ブイユーの口調が熱を帯びてきた。

「あの晩、ウジェーヌが死んだのは運がよかった。きっとまずい事態になっていただろうからな。理解が追いついていないようだな。ちゃんと説明してほしいか？　とにかくブイユーさまを信じろ。これだけは言っておく。アデルはいまなお窮地に立たされている。半分切り抜けられたのは奇跡だが、判決が下りるのは明日だから、まだ完全に窮地を脱したわけじゃない。だから、いいか、あんたと俺がここでこうして話していることを許すわけにはいかない人間もいる……」

ブイユーはそこで口をつぐんでしまった。ひょっとして、しゃべりすぎたと思っているのだろうか？　ティマールの青白い顔に、ギラギラした瞳、紫色の唇、発熱して紅斑が現れたその顔に、そして、テーブルの上で小刻みに震える細すぎる指に、恐れをなしたのではないか？

「悪口を言いあっていてもしかたないですね。アデルは自分でしていることがわかっているのでしょう」

球を撞く音はまだ聞こえていた。ふたりの男はビリヤード台の周りを慎重に移動しながらプレーしていた。

「そのとおり。彼女が自分で立てた計画だ。明日の晩にはなにもかもが片づいている。彼女はあんたとむこうに戻ることができる。彼女がリーブルヴィルを離れて、すべてを手放したことが正解だったかどうかは、彼女次第ってところかな」

「彼女はどこにいますか？」

「どこにいるかって？　知らんよ。今晩どこで過ごすのか、彼女に尋ねる権利がある者はここにはいない。いいな、あんたには誰よりもその権利がない。彼女はどこにいるのか？　たぶん、いまごろ誰かと腰を振っている最中かもしれない。自分を守るためにな！」

不意にブイユーはカウンターの隅でじっとしていたボーイのほうを向いた。

「もう閉めるぞ！」

それから、球を撞いているふたりに声をかけた。

「あんたたちも帰ってくれ！」

いまや怒っているのはブイユーのほうだった。ティマールはなにも言い返せずにいた。手が緊張し、拳銃を握ろうとする。鎧戸を閉める音に交じって、ふたりの客が立ち去る足音が聞こえた。

ブイユーはティマールに劣らず興奮して立ち、その巨体で圧倒するように相手を上から下までじろりと見た。

「彼女は自分を守るためにそうする必要があるのに、あんたは口出しするのか……」

ブイユーの握り拳がいまにも殴りかかってきそうで、ティマールは発砲も辞さない覚悟でいた。

だが、違った！　ブイユーは表情を和らげ、友好的な調子でティマールの肩を叩いた。

「わかるね、坊ちゃん。誤解しないでくれ。さあ、もうおとなしくベッドに入ろう！　明日の晩にはなにもかも片づいている。あんたがたふたりは、むこうの家に帰ってから、心ゆくまで愛しあえばいい……」

ティマールはボトルの残りをすっかりグラスに空けて、一気に飲み干した。彼はまだ陰鬱で不安げな様子だったが、ブイユーに背中を押されると、素直に応じて階段へと向かった。

「まったくたいした女だ。彼女には脱帽だよ！」背後でブイユーがつぶやいた。

ティマールは、誰に燭台を持たされ、どうやって部屋まで来たのか憶えていなかった。服を着たままベッドに身を投げ出し、蚊帳を下ろしたのも、無意識のうちにやっていた。

自分が泣いていたことは記憶にある。しゃくりあげて泣いたこと、それから、ロウソクが燃え尽きた瞬間にはっと目が覚めて、それで、まるでアデルであるかのように枕をしっかり抱きしめたこと。

それだけは憶えていた。

12

裁判所は墓地と同じく、伝統そっちのけの急ごしらえの建物といった感があった。おそらくはそのせいに違いない、ティマールはウジェーヌ・ルノーの埋葬を思い浮かべた。

モールディング[18]も、暗い色調の羽目板も、厳粛な空間には欠かせない室内装飾の類は一切ない。飾り気のない広々とした部屋は商館として利用されていてもよかったのかもしれない。壁には石灰が塗られている。四つある窓はベランダに面していて、そこに町で暮らす着衣の黒人や、ジャングルから出てきた裸の黒人がひしめいていた。少なくとも二百人はいるだろうか。立ったままの者もいれば、地べたに座りこんでいる者もいる。

場内には椅子がなく、傍聴人席も、証言台も見当たらない。法廷らしさを感じさせるものはなにひとつない。ただのロープが当局者と群衆を隔てているだけだったが、白人のほとんどは指定席代わり

18　繰形。西洋の古典建築に見られる、天井廻り縁や壁面装飾額縁、腰見切り、巾木などといった細長い形状の装飾。

に、ロープの囲いの中への入場を許可されていた。

ロープの外側には黒人、スペイン人、ポルトガル人、そして、ティマールのように到着したばかりのフランス人が何人かいた。

緑のクロスで覆われたテーブルに着席しているのが裁判長のようだ。その両脇に座るのは陪審員か？　判事は裁判長ひとりだけなのだろうか？　ペンを走らせているのは書記で間違いない。しかしまた、検事と警察署長はあんなところでなにをしているのだろう？　ふたりとも足を投げ出して藁編みの椅子に座っている。あそこに座席を確保した知らない人たちはみな、なにをしているのだろうか？

窓は開け放たれていて、陽光を背に、ベランダで身じろぎもしない黒人たちの姿がくっきりと見えた。白人たちは全員が三つ揃いを着用し、照り返しを心配して大半がピスヘルメットを被っている。場内では、めいめいがタバコを吸って、くつろごうとしていた。

ティマールは黒人の中に紛れてアデルを捜した。ずいぶん長いこと捜した末、やっと彼女の姿を認めた。

彼が眠りについたのは朝になってからだった。きっとブイユーはわざと起こしに来なかったのだろう。目覚めたときには、時計が十時を打っていた。彼は髭も剃らずに一階に降りた。カフェにはボーイしかいなかった。彼は汚れた顔のまま、しわくちゃのスーツ姿でおもてに飛び出した。コーヒーも飲んでいなかった。裁判所に着くと、熱気でむんむんする中を、黒人の群れを掻き分けながら奥に進んだ。場内の空気に慣れ、周囲を見渡してすべてを把握するまでに、かなりの時間を要した。

白人はひとり残らず、暑さに参っているようだった。ロープのこちら側の最前列に、僻地に住む部族らしい野卑な顔つきの半裸の男が立っていた。男は哀れっぽい調子で、だらだらとなにかを訴えている。ときおりピンク色の手のひらを見せながら、おずおずと手ぶりを交えるが、そのあいだも裸足の両足はきちんと揃えたままである。

誰かひとりでも男の話を聞いているのだろうか？　白人たちは白人同士でしゃべっている。たまに裁判長が窓のほうを向いてなにか叫ぶと、ベランダの黒人の集団は後ずさりをするが、またすぐに集まってくる。

ティマールは部族の男がなにを言っているのか理解できなかった。男が何者なのかも知らない。しかしである。検事のそばに、アデルの黒い絹のドレスと横顔がちらちら見えた。むこうはまだこちらに気づいていない。彼女は誰かにこっそり合図を送っていた。

部族の男はなおも話を続け、同情を誘うような声で次々と言葉を繰り出した。壁にはどこの役場にもあるような白っぽい大きな時計が掛かっていた。針がカチ、カチと時を刻む。ボーイが群衆を掻き分けて、裁判長のもとにグラスとサイフォンとボトルを載せた盆を運んでいった。テーブルの男たちは原住民の話を聞こうともせず、ゆっくりと時間をかけてウィスキーを飲んだ。アデルはちょうどティマールに気づいたところで、壁の時計と同じくらい顔が蒼白になった。彼女は息を呑むように、遠くからこちらを見つめている。ティマールは睨むように相手をじっと見据えた。

ひしめく黒人の体臭が強烈に鼻をついた。おまけに、朝からなにも口にしておらず、ティマールはめまいを覚えた。ずっと立ちっぱなしで、しかも、もっとよく見ようとつま先立ちで伸びあがっていたのでなおさらだった。

「そこまで！」突然、裁判長が時計を見てきっぱりと言った。時計は十時四十五分を指していた。

「静粛に！」

部族の男は言葉が理解できないようだが、おのずと口をつぐんだ。

「被告人はなんと申しておるのか？」

裁判長は黒人の通訳に声をかけた。眼鏡をかけたその通訳は、白いズボンに黒い上着、ワイシャツにはセルロイドのカラーという出で立ちである。声は低く、不明瞭で、遠雷を思わせた。

「彼はこのように言っています。同じ村ではないので、わたしはトマに一度も会ったことがない。トマという人がいることも知らなかった」

通訳の口からこれだけの言葉が出てくるのに三分かかった。裁判長は叫んだ。

「もっと大きな声で！」

「彼はこう言っています。ヤギのせいだと。女房がよその村の男と出ていったので、わたしは女房の兄にヤギを返せと要求した。女房はわたしの最初の女房で、酋長の娘だ。女房はあちこちで言いふらし……」

誰も聞いていなかった。供述内容は理路整然と伝えられず、おまけに、言葉のふたつにひとつは聞き取れないという始末で、ティマールもまた、ほかの人々と同じく聞く気にはなれなかった。彼はアデルを見つめた。彼女は昨夜、どこで誰と過ごしたのか？

彼女はいまも素肌にじかにドレスをまとっているのだろうか？　相手の男は、黒い絹の裾から少しずつ露わになる太ももや、やや張りを失いつつある乳房を見たのだろうか？

「……むこうはわたしにヤギを返そうとせず……」

突然、四人の黒人が一斉に原住民語で話しだし、被告を問い詰め、互いに罵りあった。四人は金切り声を上げ、腰布を巻いた被告は驚いた様子で四人の顔を順番に見つめた。

一見すると、法廷内の光景は現実感がなく、常軌を逸した悪夢、酔狂なパロディと化していた。緑のクロスを敷いたテーブルの上にはウィスキーが置かれ、白人たちはタバコを勧めあい、関係のない話をしている。

場内にはブイユーも、樵夫仲間三人や公証人の書記とともにいた。彼らはひとかたまりになって、当局側と黒人たちのあいだ、窓辺のロープの内側に立っていた。最初にブイユーが叫んだ。

「もういいだろう！」

ほかの白人たちもそれに続いた。

「もういいだろう！」

裁判長が細長いベルを鳴らした。法廷で用いるものというよりは子どものおもちゃのようである。

「アナミの妻から話を聞く必要がある。アナミの妻はどこにおるか？」
戸口にいたその女が、大勢の手に押しやられながら黒人の群れを通り抜けて、ロープの前までやってきた。年配の黒人の女だった。両方の乳房は垂れ下がり、胸部と腹部に瘢痕の文様[19]が入っており、頭髪は剃ってある。

女はひとり立たされたまま、なにも言わず、なにも見ていなかった。無意識のうちに、ティマールの頭の中で思考が巡りはじめていた。彼は女を真横から、次に斜めから眺め、川のほとりの村で抱いた娘のことを思い浮かべた。ふたりは顔立ちが似てはいないか？　肩の辺りや腰のラインもそっくりではないか？　この女は娘の母親ではないだろうか？

もしそうなら、供述が空回りしている被告の小男は、娘の父親ということになるのでは？

ティマールは、あのなめらかな肌でぴちぴちした娘の眩いばかりのイメージと、部族の夫婦の哀れな光景とを比べた。夫婦は腰布だけで、あとはなにもまとっていない。女のほうは土色の肌をしていた。

夫婦は一メートルほど離れて立っていた。ふたりが視線を交わすのを見て、ティマールはひと目で悟った。このふたりは、自分たちがどこにいるのか、なにをしているのか、なにより、なぜみんなから敵視されるのかわかっていないのだ。とくに、獅子鼻の夫のほうは小さな目を血走らせて、きょときょとと辺りを見回している。

誰もそんな被告の様子に注意を払おうとしない。ふと、ティマールはブイユーの意図的な視線を感じた。ブイユーは半ば懇願し半ば脅すような表情で何度も頷き、「おとなしくしていてくれ」と合図を送ってくる。

そのとき、女が口を開いた。その声は一本調子で、言葉の一音一音に起伏がない。話しながらも、女は腰に巻いた布を締めつけたり緩めたりした。それから、自分を落ち着かせるためか、壁の時計の脇のシミになっている一点をじっと見つめた。そのシミはハエが叩き潰された痕だった。

ティマールは窓辺に漕ぎ手のリーダーの姿を認めた。リーダーはティマールに満面の笑みを向けた。暑さはいよいよ厳しくなってきた。実際、白人の体からも黒人の体からも水蒸気が放出され、それぞれの汗のむっとするにおいやつんとするにおいが、パイプやタバコの臭気と混ざりあっている。

傍聴人の中には、ときおり会場をそっと抜け出し、ホテルまでひとっ走りして、喉を潤してから急いで戻ってくる者もいた。

ティマールは暑くて喉が渇き、空腹を覚えた。それでも、ひどく気が張っていたので、耐えていられた。彼はアデルと目を合わせようと躍起になったが、むこうは彼の視線を避け、そのいっぽうで、見知らぬ白人の男の囁きに耳を貸していた。彼女の顔は青ざめ、目の下には黒い隈ができていた。

19　瘢痕文身＝皮膚を傷つけて文様を描く身体装飾の慣習を指すものと思われる。

彼は反吐が出そうになりながらも、彼女を気の毒に思った。彼の中で相反する感情が渦を巻き、収拾がつかなくなっていた。たとえば、彼女が誰かと一夜をともにしたのかと思うと、彼は彼女を殺したくなり、と同時に、彼女を優しく抱きしめて、ふたりの運命に涙したくなるのだった。

彼は部族の女の声を聞き取った。女の話は続いていた。おそらくは裁判長たちが煩わしく思って、延々と話をさせ、判決を下す時を先延ばしにしているのだ。彼は女の剃りあげた頭と重く垂れさがった乳房を見た。女の脚はひょろりと細く、両膝がやや内側に湾曲していた。

わかってもらいたい、信じてもらいたいとの一心で、女は息もつかず、どもったり、唾を飲みこんだりしながら話を続けた。白人のような常套手段は用いず、感情に訴えようともしない。声が上ずることは一度もなかった。泣きもせず、失神もせず、なにがなんでも彫像のように直立不動の姿勢を貫こうとしていた。

その呂律、声の響きにのみ、人間らしさがあった。助祭の福音朗読のような淡々とした語調、単調な音声の連続、耳を澄まさないと窓を叩く雨音のような不明瞭なつぶやきにしか聞こえないその声音。

ティマールは苛ついて拳を握りしめた。それは田舎出の乳母たちがいまでも口ずさむ嘆き唄《コンプラント》のように、彼を辛い気持ちにさせた。それは呪文であり、懐かしくて恐ろしい調べだった。女はひたすらそれを表情ひとつ動かさずに唱えつづけている。ますます彼は、女の顔のその奥にさらに若いもうひとつの顔が見えてくるような気がした。ピローグが村を離れるときに彼のほうを見ていた顔、そして、手を振る勇気がなくて、わずかに持ちあげた腕の動き。それらがまざまざと思い出された。

ほかの光景もどっとよみがえってきた。それらの記憶があまりにも鮮明なことに驚かされる。櫂を漕いでいるときや、濃密な空気の中でこれもまた嘆き唄《コンプラント》に似た唄が歌われるときに、彼に向けられた十二人の漕ぎ手の眼差し……。そして、前日、沈んだ枝に衝突してティマールが癇癪を起こしたときに、漕ぎ手たちの顔に浮かんだ殴られた犬のような表情。

胸が痛んだ。もしかしたら腹が減って、喉が渇いているからだろうか？　ずっとつま先立ちで立っていたおかげで、膝ががくがく震えだしていた。突然、彼は、今度は自分が叫ぶ番だと思いたった。

「もういいでしょう！　終わりにしましょう！」

偶然、同時に裁判長が例の滑稽なベルを鳴らした。女はその意味を理解できず、やはり話を聞いてもらおうとして、声を張りあげた。女に黙るつもりはないのだ！　通訳が伝えても、女はさらに一段と語気を強めた。ジェスチャーはない。ただ、声を必死に振り絞る。

それは災害時に教会で、さまざまな音調で声量を上げていきながら三回続けて歌いあげる「パルセ・ドミネ」[20]に似ていた。

女はいまや金切り声になり、さらに早口で話していた。女はすべてを言い尽くそうとしていた。すべてを！

20　アンティフォナ（合唱を二つに分けて交互に歌うキリスト教聖歌の隊形）のひとつで主に四句節で歌われる。

「退廷させよ！」

黒人警官が群衆を掻き分け、女を引っ立てていった。警官らは白人に倣って紺色の制服を着用しシェシア帽[21]を被っていた。いったいなぜ自分がここに連れてこられたのか、そして、なぜいきなり外につまみ出されたのか、わかっているのだろうか？　女は暴れることもなく、自分ひとりになっても話を続けていた。

ティマールはアデルと目が合った。彼女が取り乱すのがわかったが、まさか自分の顔のせいだとは思わなかった。蓄積した疲労、デング熱、苦心や労力、暑さのすべてが、まさしくそれらすべてが、異様に青白く苦渋に満ちた彼の顔に爪痕を残していた。ふたつの瞳は熱に潤み、もはや視線も定まらず、黒人から白人へ、時計から壁のシミへとさまよっている。

全身にかいた汗が冷たくなっていて、息が荒い。視線が定まらないのと同じで、思考もなかなかまとまらなかった。それでも、彼は考えなければならないと感じていた。切実にそうする必要に迫られていた。

「あの女が述べたことを簡潔に申してみよ。要点だけでよい！　なかなかの長広舌を振るっておったからな。手短に頼む！」

「事実ではない、と彼女は言っています」

通訳は自信ありげに横柄なもの言いをした。窓のむこうでざわめきが起き、裁判長はベルを鳴らして叫んだ。

21　つばのない円筒形の帽子。

「静粛に！　さもないと全員退廷だ！」

二名の黒人が証人用のスペースにみずから進み出た。裁判長は落ち着きを取り戻し、テーブルに肘をつき身を乗り出した。

「証人はフランス語を話せるのか？」

「はい、ムッシュー！」

「どうして証人はアナミがトマを殺したと思ったのか？」

「はい、ムッシュー！」

厳密には、黒人は「はい、……ッシェー」と発音していた。

ふたりの黒人は、検察側の証人だった。ティマールはすべてが腑に落ちた。それどころか、頭の中で順を追って一連の出来事の再現までしてみた。あの村で、彼があの裸の美しい娘を眺めていたとき、アデルは酋長の小屋に入りこみ、部族の中から犯人の候補者を差し出せば謝礼をはずむと持ちかけた。そして、持ってきたリボルバーを託したのだ。

単純すぎるくらい単純な話ではないか！　それで酋長は誰よりも気に食わない人物を選んだ。それが娘婿——娘に捨てられて、持参金の返還を要求してきた男——だったというわけだ。男は酋長の娘をめとる際、持参金としてヤギと鍬を差し出していたのだ。鍬が五本！　貴重な鉄器が五本もだ！　そして、ふたりの黒人が証言をするために出廷した。このふたりにはなんらかの報酬が約束されている。ふたりは金めあてで証人を引き受けたのだ。

「はい、ムッシュー！」

「答えになっておらん！　いつ、証人はアナミがトマを殺したと思ったのか？」

「はい、ムッシュー！」

裁判長は苛立ちを隠さなかった。

「通訳、証人に質問の内容を伝えるように」

通訳と証人は原住民語で長々とやり取りした。途中で裁判長が切りあげさせても、通訳は動じることなく証言内容を伝えた。

「アナミは人からあくどい男だと思われていたそうです」

ティマールは苛々して怒鳴りそうになった。アナミはその場に立ち尽くしていた。妻はすでに外に連れ出されてしまっている。被告は告発者たちを呆然と見つめ、何度も弁解しようとしたが、話をさせてもらえない。もうわけがわからないといった様子で、途方に暮れている。

ティマールが抱いた娘は本当に被告の娘なのだろうか？　娘は処女だったが、彼は無理やりものにして、一瞬、全アフリカに仕返しをしているような気持ちになったのだった。いま、それを思い返し、彼は赤面した。

「被告の小屋で見つけたのはこの拳銃で間違いないか？」

裁判長はリボルバーを示した。ティマールはアデルの視線が自分に注がれているのを感じた。ブイユー、片目の樵夫、太鼓腹の書記たち三人の視線も感じた。

いままさに重大な瞬間を迎えるところだというのに、なぜブイユーが黒人の群れを掻き分けながら近づいてくるのだろう？　自分の姿が見えていない彼にはわからなかった。

周囲の黒人たちがぎょっとして恐る恐るこちらをうかがっていることさえ、気づかなかった。熱病の重症患者のようにゼーゼーと荒く息をしながら、彼は片手で指の関節をポキポキ鳴らした。

「ふたりとも、自分たちが見つけたのはその拳銃で間違いないと言っています。村人全員が同じ証言をしています。事件後に村を訪れた白人はいません」

被告は、すがるような目をして心配そうに通訳を見つめた。この獅子鼻の被告もまた、妻と同じく娘に似ており、灰色がかった土色の肌をしている。

片目の樵夫と書記は、ブイユーが群衆の中を通り抜けてティマールに近づくのを見守っていた。ロープのむこうの当局側の席では、検事が身を乗り出して、アデルとふたりでティマールを見ながら、こそこそと囁きあっている。不意に誰かの手がティマールの腕を摑んだ。ブイユーの声がした。

「気をつけろよ！」

気をつける？　なにに？　誰に？　身の毛がよだった。ほんの一瞬、ティマールは、この人だかりの中でもがく哀れなニグロ――群衆に包囲され、追い詰められ、圧倒される半裸の男の姿に自分を重ねあわせた。

ティマール自身も追い詰められていた！　彼を抑えつけるためにブイユーが送りこまれたのだ！　樵夫の鋼の指がティマールの腕にじわじわと食いこんだ。

アデルが見ていた。検事も見ていた。裁判長は法廷内の空気にただならぬ気配を感じたかのように不安げに目を上げたものの、ウィスキーに口をつけただけだった。

いまこの瞬間、ニグロにも同じ反応があり、同じく恐怖を覚えているのだろうか？　この場にいる全員が自分の敵だと感じているだろうか？　いまにも押しつぶされそうな、まるで黒人も白人もすべてが肉弾と化して輪になって押し寄せ、しまいに窒息させられるような、そんな気がしているのではないか？　それでも、ニグロはこの喧騒の中、話しだした。自分ひとりのために、甲走った声で、誰も聞いてもらえなかった話をいま一度……。

とたんにティマールはいきりたち、ブイユーに腕をへし折られそうになろうが、アデルが見ていようが、検事が笑顔を向けようが、そんなことはおかまいなしに、わめいた。つま先立ちでうんと背伸びして、汗を滴らせながら血の気のない顔で、喉が詰まって言葉を発するのも難儀だったが、文字どおりわめいた。

「嘘だ！　嘘だ！　その人は殺していない！　犯人は……」

残念だがしかたない。これで終わらせなければ。いまがその時だ。

ティマールはむせび泣いた。

「犯人はあの女だ！　みんな知っているくせに！」

ブイユーが思いきり手首をひねりあげた。気づくと、彼は床に倒れ、黒人たちの足もとに転がっていた。

13

彼は冷笑《せせらわら》い、小声でつぶやいた。

「間違いない！　そんなものは存在しないのだ！」

ふたりの乗客が振り向いた。彼は平然と見返し、肩をすくめさえした。相手がまたしても役人だったからである。戻ってきたランチがすべて積みこまれると、定期船はリーブルヴィルの錨地を離れた。ティマールは特等室の裏の手すりに腰かけていたが、突然、弾かれたように立ちあがった。黄色い海岸とその奥の鈍色のジャングルの帯、点在する赤い屋根も、羽毛のようなココヤシの木もこれで見納めなのだ。

彼は目つきも鋭く、興奮していた。周りに人がいても、いつもしかめっ面をして拳を握りしめ、ぶつぶつ独り言を言う癖がついていた。

「ところで、駅までは誰に送ってもらったんだっけ？」

自分でも馬鹿なことを言っているのはわかっていた。リーブルヴィルに駅はないし、ひとりで乗船させられて、桟橋からハンカチを振る人もいなかったのだ。それでも、彼にとっては〝駅〟という言葉がぴったりだった。なぜなら、旅立ち、ラ・ロシェル駅、母と妹を連想させる言葉だからだ。

彼はひどく疲れていた。みんなからもさんざんそう指摘された。そうなったのも、人と争った結果だった。それまで彼が騒ぎを起こしたことはなかった。とくに公衆の面前で喧嘩をしたことは一度もない。なにしろ育ちがよく、性格だってむしろおとなしいくらいだったから。

ただ、騒ぎ立てる群衆の中でブイユーに腕をひねりあげられたとき、ティマールは自分が恨まれていると知り、手当たり次第に拳固を振り回した。それで争いに発展したのだった。黒人も白人も混然一体となって、路上になだれ出し、彼は顔面を踵で何度も蹴りつけられた。ピスヘルメットはどこかへすっ飛んで、血だらけの体を太陽が容赦なく焼き焦がした。

争いごとは何度も見たことがあるが、参加したことはなかった。いつもなら距離を置いているのに、今回はその中心にいた。殴られるのは思っていたほど痛くなかった。喧嘩をするのに勇気は要らないこともわかった。誰もかもが彼の敵だったのだろうか？　彼は全員にパンチをお見舞いした。どういうわけか自分が警察署の薄暗い部屋にいることに気づくまで、彼はパンチを繰り出した。

彼は、光と影が織りなす縞模様やウィスキーが置かれた机を認めた。彼は椅子に座っていた。署長が立っていて、いつもと違う奇妙な目つきで見ているので、彼は驚いて額を拭い、もごもごと弁解した。

「すみません。なにがあったのかよくわからなくて。みなさんの恨みを買ってしまったようです」

そして、慇懃に会釈した。署長はにこりともせず、冷ややかな好奇の目で彼をじっと見つめつづけた。

「飲むかね?」

署長は相手がニグロか犬であるかのように話し、水だけ寄越すと、部屋の中を行ったり来たりしはじめた。

ティマールは立ちあがろうとした。

「そこで待ってなさい」

「なにを待つんですか?」

彼はまだ事態がよく飲みこめていなかった。もう少しで、これは夢ではないかと思うところだった。

「座っていなさい!」

質問をはぐらかされてしまったので、なにかの陰謀ではないかとの思いが、新たに頭をかすめた。

「お入りください、ドクター。ご機嫌いかがですか? で、なにがあったかはご存じですかな?」

署長は医師を招き入れ、ティマールのことをちらりと目で指し示した。医師は小声で言った。

「どうするつもりです?」

「逮捕せねばならんでしょう。あんな騒ぎを起こしたからには……」

医師はティマールに低い声で尋ねた。署長と同じく冷ややかな口調だった。

「あの騒動の張本人はおたくかね?」

同時に医師はティマールの瞼を持ちあげ、瞼をおろし、五秒かそこらのあいだ脈を調べ、患者の足先から頭まで見回してから、「うーん」と唸った。

それから医師は署長のほうを向いた。

「ちょっとよろしいかな？」

ふたりはベランダに出て、なにやらこそこそ話していた。署長は室内に戻ると、額を掻きながらすぐに連絡係を呼んだ。

「総督に電話をつないでくれ」

そして、受話器を上げて話しだした。

「もしもし。やはり、思っていたとおりでした。彼を連れていきましょうか？　たとえそうでなかったとしても、樵夫たちの興奮状態からすると、ほかに方法がないでしょう。むこうで落ちあいましょうか？」

署長はピスヘルメットを持つと、ティマールに言った。

「ついてきなさい」

ティマールはわれながら驚くほどおとなしく署長に従った。もはやまったく反応できなかった。こんなふうに疲れ果て、手足からすっかり力が抜け、頭の中までからっぽになってしまう自分の姿など想像したこともなかった。彼は署長のあとについて病院に入ったが、なぜ連れてこられたのか、疑問に感じなかった。総督の車はすでに到着していた。ホテルのどの部屋よりもはるかに清潔な病室で総督が待っていた。ティマールは手を差し出したが、総督はその手を握らなかった。

「きみは自分がなにをしたかわかっているのか?」

いや、正直なところ、彼はわかっているようで、わかっていなかった。確かに、喧嘩をしたことはした! 蒸し蒸しする部屋でニグロの男と女が一本調子でなにかを話していたことと、アデルが遠くから強く訴えるようにこちらを見ていたことは憶えている。

「金はあるのか?」

「銀行にいくらか」

「この際、忠告しておこう。二日後にフランスに戻るフーコー号という船がある。それに乗って出国しなさい!」

ティマールは抗った。毅然とした態度を取ろうとして、ひと言ひと言はっきりと話した。

「アデルの件で、お話があります」

「それはまたの機会にしよう。いまは体を休めなさい」

総督と署長はふたりして蔑むように、冷然と病室を出ていった。ティマールは体を横たえて目を閉じた。ひどい熱で頭が割れるように痛かった。彼は看護人に何度となく訴えた。

「頭蓋骨の底の突起のところがすごく痛いんです!」

そしていま、彼は船上にいるというわけだ。ほとんど病室からそのまま船に直行したようなものだった。病室には二度署長が訪れた。ティマールは、アデルに会わせてほしいと頼んだ。

「やめたほうがいい」

「彼女はなんと言っていますか？」

「なんとも言っていない」

「医者は？　ぼくが正気でないと言い張っている。そうですよね？」

彼にはそれが煩わしかった。自分が精神を病んでいるように見えることは気づいていたが、そうではないことを自覚していた。彼は気が触れたような表情を見せた！　錯乱しているそぶりをした！　ときには、頭の中になんとなくいかれた考えがひしめくことまであった。

「そんなものは存在しない！」

そうだ！　間違いない！　自分が冷静なのが、その証拠だ！　彼は自分ひとりで荷造りをした！　彼は白のスーツを置いてきてしまったことに気づき、それを取り寄せようとした。なぜなら、テネリフェ島[22]までは乗客がみんな白い服装であることを知っていたからだ。

午前七時、突堤には彼とポーターたちの姿しかなかった。彼は鼻の先で嗤い、早朝の空にくっきりと映えるココヤシ並木の続く赤い道を振り返ると、はっきりと口に出して言った。

「ありえない。そんなものは存在しない！」

もちろん、それは存在しているのだが、自分でなにを言っているのかはわかっている！　同様に、

22　スペイン領カナリア諸島最大の島で、観光客が多く訪れるリゾート地。

すべて一過性の症状に過ぎないこともわかっていた。だから、恥ずかしいとも思っていない。

彼はモーターボートに乗りこんで席に着いた。不意に彼は両手に顔をうずめ、つぶやいた。

「アデル！」

彼は歯を食いしばった。指のあいだから黒人たちの笑顔が見えた。海は凪いでいた。

終わりだ！　これでもうアフリカは見えない。

バーテンダーがそばに来た。

「ご注文は？」

「オレンジエードを！」

一瞬、相手と目が合って、彼はバーテンダーからも精神異常者だと見なされていることを見抜いた。

きっと当局から船の責任者に申し送りがあったに違いない。

「ありえない！」

列車が……どの列車だっけ？……ああ、そうだった、ラ・ロシェル発の列車だ。ホームにハンカチを振る妹がいて……。

彼は籐椅子に座ってもの思いに耽った。着ているのは黒い服である。植民地用の白い服は見つからなかったのだ。実際、彼は自分がほかの乗客たちと違うことを楽しんでいた。船上は士官、士官……士官で溢れ返っている。

「軍服ばかりじゃないか！」彼は唸った。

さらに、役人の姿もやたらに目についた。デッキを走り回っている子どもも多すぎる！　そこからどんなことが連想されるかといえば……そう！　アデルだ！　彼女もいつも黒をまとっていた。ただし、彼女に子どもはいない。でもって、ドレスの下はなにも着けず、裸である。かたや、あの部族の娘は服をまとわず、裸のままだった！

彼はしっかりと憶えていた！　なにからなにまで全部！　こっちのほうが一枚も二枚も上手なのだ！　人々はあの娘の父親に罪を着せようとしていた！　ティマールが救いの手を伸べると、全員一丸となって彼を打ちのめした。

みんなで共謀していたのだ。みんな、グルだったのだ。総督も、検事も、樵夫たちも！　全員がアデルと寝ていることは言うまでもない！

白い服の乗客たちは暇潰しにデッキをぐるぐると何周もしていた。暇を潰すというのは時間を殺すに等しい。

「殺す？　ありえない！」

ティマールはいきなり思考を止めた。というよりも、矢継ぎ早に考えるのをやめた。ふと体が浮きあがるような感覚があった。彼は宙に浮いている状態で、黒い服を着てピスヘルメットを首にかけたまま客船のバーに座る自分の姿を見下ろした。いま自分はフランスに戻ろうとしている！

きっと何度も頭を殴られたせいだろう。危うく彼は発狂するところだった。人からはとっくに狂っていると思われている。ただ、この体外離脱はそんなに長くは続かない。そう感じた。そう感じられたからこそ、彼はもとの状態に戻っていつものまともな思考力を取り戻すタイミングを先に延ばした。それを捕まえるのにはちょっとしたコツがあった。彼は考えていることを声に出した。少し目を閉じて半目になると、視界の中が夢を見ているときのように歪んで交錯した。

夜の帳が下りた。隣のテーブルでは、明らかに役人だと思われる人々がブロットに興じながらペルノを飲んでいた。リーブルヴィルのように！　アデルのホテルにいたときと同じだ！　彼はそこでブロットを覚えたのだ！　いったん覚えてしまうと、なんてことはなかった！

心はすでに別の日の夜に飛んでいた。そう、それから数週間後のこと……。ジャングルの借地に到着する直前……モーターボートで……つまりその……彼はヒステリーを起こし……じたばたして……人を殴ってしまい……最後に、ベッドに運びこまれた……。

アデルは隣に裸で横たわっていた。ふたりは互いの様子をうかがった。どちらも眠ったふりをしていたが、ティマールは本当に眠ってしまい、そのすきに彼女はこっそりベッドを抜け出した。目を覚ますと、アデルはすでに出発したあとだった！

あのニグロの娘は男を知らないおぼこだった。

「ありえない！」

乗客たちはまだ歩き回っていた。その中に、太陽はとっくに沈んだというのにピスヘルメットを被ったままの若い中尉の姿があった。ブロットに興じていた大尉が声をかけた。

「月射病が心配かい？」

ティマールははっとして振り返った。それは、眠っているときか、熱に浮かされていたときか、とにかくどこかで聞いたことのある言葉だった！　今回もそのときと同じく皮肉めいて聞こえたので、彼はまるで説明か弁明でも求めるように、挑戦的な目つきで大尉をじっと見た。

ブロットをしていた人々はひそひそ囁きあうと、席を立った。

「さて、正装に着替えるとするか」

ティマールはデッキに佇み、訝しげに士官たちのあとを目で追った。

彼はひとりで夕食の席に着いたが、とても落ち着いていた。人々が同情を寄せつつも好奇の目で見ているので、彼はときどき鼻で嗤っては、わざと低い声で二言三言つぶやいてみせた。

それをおもしろがる若い娘がいて、彼は娘がこらえきれずにナプキンで顔を覆って笑うのを見ておもしろがった。

別にたいしたことではない！　彼は自分でもよくわかっていた。潮の満ち引きのようなものじゃないか！　そのときになると、たとえ海が荒れ狂っているように見えても、必ず潮は引いていく。数学のように正確に、確実に！

そんなわけで、次第に視界に入るものが鮮明になりつつあり、混乱しなくなった。夜を除いては！　二度、彼は汗にまみれて寝台に座り、手足を震わせて叫んだ。そして、手探りでアデルを探した。

しかし、もう以前とは違う。夜になったが、アデルはそこにいない。というよりは、そこにいるけれど、触れることができない。抱きしめて、白い胸を揉みしだくことができないのだ。

さらには、寝台の上で観念したようにじっとしているニグロの娘の姿があった。ここは片を付け、決断しなければならない。たぶん、アデルと一緒に逃げることになる。どこかずっとずっと遠いところへ……。

もう話題にしなくてもいいように！　アフリカのことを！　ガボンのことを！　ガブーンの丸太のことを！　丸太は黒人たちにやればいい。あとのことはコンスタンチネスコが指示してくれるだろう！

大事なのはアデルだけだ。光と影の縞模様のなか、湿ったベッドにアデルがいることだけだ。それから、彼女が階下へ降りていくのを、彼は耳を澄まして聞いている。ボーイが移動しながら掃き掃除をするのが聞こえる。そのあいだ、彼女はカウンターで金の勘定をしている。

船医の声で彼は目を覚ました。相手はまだ若い男だった。ここはひとつ芝居でも打ってやろうという浅はかな考えの持ち主らしい。

「聞くところによると、わたしたちは同郷だそうで……」

「どちらの出身ですか？」

「ラ・パリスです」

「それなら、同郷じゃありませんよ」

ふん、三キロ先の町じゃないか！　三キロ離れている。それこそ動かしようのない事実だ！　言うまでもなく、相手は目玉をひん剝いて馬鹿丸出しの顔をした。どうやら船医はティマールの体調を確かめたかったようだ。それなら、けっこう！　体調は落ち着いている。

「昨夜はよく眠れましたか？」

「全然」

「言ってもらえたら、もちろん、薬を出すことくらいできたのですが……」

「ありえない！」

そっとしておいてほしい！　頼むから。それだけだ！　彼は誰も必要としていなかった。とくに医者は必要ない。世界中のどんな医者だって、彼の賢さには太刀打ちできないのだ！

彼自身、以前の自分よりも賢くなっていた！　なにしろ、いまでは勘がよく働くのだ！　微妙すぎてほとんどの人には捉えられないことでも、彼は見抜いた。なんでも予想がついた。将来のことも、ラ・ロシェルのシェフ＝ド＝ヴィル通りの実家にかかりつけ医が訪れることさえも。かかりつけ医もまた、親切な笑顔を見せながらこう言うだろう。

「やあ、ジョゼフ、調子はどうかね？」

母に妹、誰もが心配している。かかりつけ医は廊下に出ると小声で話す。

「休養することですね。じきに回復しますよ」

当然ながら、彼は大事にされるだろう。そして、コニャック出身の従妹のブランシュのことが再三話題に上る。ブランシュは新調したピンクのドレスを着て日曜日に姿を見せる！

ええ、そうです！　その従妹と結婚するんです、もちろん！　やっぱり安らぎが欲しいですからね！　で、以前紹介してもらったことがある製油所に就職します！　その製油所こそ、ラ・パリスにあるんですよ！　そこは海から百メートルほどの地区で、みすぼらしい労働者の住宅が立ち並んでいるんです！　ぼくはもっと大きな庭付き一戸建てを手に入れますよ、〝別荘タイプ〟のやつをね！　オートバイも買います！　ぼくはとても穏やかで、とても思いやりのある人間になるつもりです！　こんなになにかを欲しがったことって、いままでにないんです！　たぶん、子どもまで作りたくなっちゃうかもしれませんね！

デッキの上や演奏会のラウンジですれ違う人々は、まさか彼の予想が当たるとも思わず、呆れたように振り向き、小声で囁きあった。

「それでどうだと言うんだろうね？」

なによりも美しいのは、そう、ほかのなににも増して最高に美しいのは、十二本の櫂が垂直に持ちあがり、ほんの一瞬、十二人の黒人が息を止め、その双眸を白人に向け、続けて、腹の底から「えいっ」と力強く声を出す刹那なのだ。

十二本の櫂が水中に潜り、腹部がへこみ、筋肉が波打つ。皮膚には新たに玉の汗が噴き出して、ピローグの周囲に水しぶきの鮮やかな白が飛び散るのだ！

だが、それは話してもしょうがない！　誰にもわかりっこないのだから！　とりわけ、ラ・パリスの職場では！　若くてきれいなブランシュ[23]には！

「ありえない！」

彼はバーテンダーがおかしそうに見ていることに気づいた。だしぬけにバーテンダーが話しかけた。

「大丈夫ですか、ティマールさん」

「大丈夫です！」

「コトヌー[24]に寄港しますが、上陸なさいますか？」

「上陸？　ありえない！」

バーテンダーは訳知り顔でニヤッとした。

「オレンジエードをお持ちしましょうか？」

「そうですね、オレンジエードを。ところで、ぼくはウィスキーを禁じられているんでしょうか？　ウィスキーなんて、ありえないか！」

それでも、彼は確信もなく同じ言葉を繰り返した。彼には、すっかり落ち着いて、まったく冷静で、はっきりと物事が見えているときがあった。

ただ、そうである必要はなかった！　まだその必要は！　さもなければ……。ひょっとして、たと

23　ブランシュには白人女性の意味もある。
24　ベナンの港湾都市。

えば、いきなり海に身を投げることも、彼ならできたかもしれない！　しかし、そうする必要もなかった！

船首が青灰色の絹のような水面を掻き分けていく。バーのテラスには日陰ができていた。水夫が通風筒の内側を赤ペンキで塗っている。

ティマールは仲よくしようと誓った！　ブランシュとも、ラ・ロシェルやラ・パリスのみんなとも！　彼はそこでアフリカ行きの船が出港するのを見るだろう。そして、アフリカに向けて旅立つ若者たちの姿を！　役人たちの姿を！

しかし、彼はなにも話さないだろう！　なにもかも！　まれに夜だけ、彼に月射病の症状が現れる。いわゆる発作なのだが、発作のおかげで、からっぽのベッドにアデルの真っ白な肢体が浮かび、蒸し暑いよどんだ空気と、汗のしょっぱさと、黒人の漕ぎ手たちの体臭がよみがえってくる。そのあいだ、彼の妻はネグリジェ姿で、夫のためにハーブティーを淹れていることだろう。

彼が通り過ぎると、やはり人々は振り返った。ところが、彼としてはしごく落ち着いた状態で、とても冷静に、きっちりと明確に筋道を立てて考えていたのだ。それがあまりにも明確だったので、たとえギャラリーのためだけであれ、少しは話に脈絡をつけなくてもよかろうと感じ、熱っぽい小さな瞳に皮肉を込めてギャラリーの表情を見据え、声高に言った。

「アフリカなんて、存在しない！」

さらに十五分ほどデッキを歩き回りながら、わざとらしく繰り返した。

「アフリカなんて、存在しない！　アフリカなんて……」

解説

瀬名秀明

　このたび東宣出版から作家ジョルジュ・シムノンの未訳傑作長篇選集をお届けできる運びとなった。監修役を仰せつかった私自身、この画期的な企画の実現をとても嬉しく思っている。ミステリーやサスペンスといったジャンルを超えて広く小説を愛する多くの方々に愉しんでいただける叢書としたい。

　第一回配本の本書『月射病』（一九三三）は、シムノンが本名名義で初めて《メグレ警視》シリーズの書籍を刊行し、一躍人気作家へと成り上がった一九三一年から二年後、念願のアフリカ旅行を終えて書き上げられた、キャリア最初期の野心的な一般小説である。しかも舞台はアフリカのガボン、植民地支配の思想がまだ人々の心に残っていた時期だ。日本でこれまでほとんど紹介されてこなかった〝世界作家〟シムノンの魅力を、ぜひ本書で発見してほしい。

　ジョルジュ・シムノンは一九〇三年二月一二日の深夜一二時前後に、ベルギーのリエージュ[1]で生まれた。一九一九年から保守カトリック系の地元紙《ガゼット・ド・リエージュ》の記者として働き始め、持ち前の速筆を活かして何でも書いた。

シムノンが最初に出した本は、まだリエージュで暮らしていた一九二一年に自費出版のようなかたちで少部数刊行したジョルジュ・シム Georges Sim 名義の滑稽譚『*Au pont des Arches* アルシュ橋にて』である。シム[2]とは彼が少年期から用いていた略名で、幼いころ彼は周囲の大人から「ちびのシム」の愛称で呼ばれていたという。青年になったシムノンは美大生とよく遊び歩き、書籍のイラストも仲間のひとりが担当した。シムノン自身にも多少の絵心があったようで、若き日に描いた油彩画が残っている。

一九二一年一一月に父親が亡くなり、一年ほどの兵役に就いた後、一九二二年にシムノンはフランスのパリへ出て作家修行を始める。翌二三年には地元で知り合っていた画家志望の女性レジーヌ・ランション（通称ティジー）と結婚し、以降は妻をパリへ呼び寄せてふたりで暮らした。

シムノンは仕事にも遊びにも精を出し、パリ在住の若き芸術家らとも交流した。やがて《ル・マタン》紙の名物コント〈千一朝物語〉シリーズの執筆者のひとりに選ばれ、またいくつかの軽い読みもの

1　ベルギーにはオランダ語、フランス語、ドイツ語、またワロン語を用いる地域があるが、シムノンはフランス語を常用した作家である。

2　Sim の読み方については「シム」ではなく「サン」ではないか、と思われるかもしれないが、フランスにはかつてシム Sim と呼ばれた著名なコメディアン（一九二六―二〇〇九）もいたことから（本名のシモン Simon を縮めた通称）、シムで統一しておく。フランスでも「シム」と読むことが一般的であるようだ。

誌にも寄稿するようになり、活躍の場を拡げてゆく。最初のうちはゴム・ギュ Gom Gut やリュック・ドルサン Luc Dorsan 名義で風俗グラビア誌に艶笑コントを、続いて通俗小説を扱うフェランツィ社やタランディエ社が定期発行していた小冊子タイプの女性向け叢書に、ジャン・デュ・ペリー Jean du Perry などの筆名でお涙頂戴の類型的メロドラマの中篇を、また同じくその二社が出していたジュヴナイル冒険小説の叢書にクリスティアン・ブリュル Christian Brulls などの筆名で、やはり類型的な秘境冒険小説を書きまくった。ときにそれなりに力を入れて書いたと思われる作品には、幼いころから用いてきたジョルジュ・シムの名を入れた。シムノンがこの修業時代に出したペンネーム書籍は長篇・中篇・コント集を合わせて一九〇冊、雑誌掲載のコントは一六五〇篇以上といわれる。そして一九三一年からは本名名義で《メグレ警視》シリーズを月一冊のハイペースで世に送り出し、これで人気に火が点いて、一気に大衆小説の寵児の座へと上り詰めた。いまなおシムノンといえばまずどっしりと構えたコート姿でパイプを銜え、パリの街角に佇むメグレ警視の生みの親として知られるだろう。

パリ司法警察局に勤務するジュール・メグレが活躍するミステリーシリーズは、シムノンが筆を折る一九七二年までに長篇七五作、中短篇二八作の計一〇三作が書かれ、日本でも戦前から初期作品が翻訳紹介されて、江戸川乱歩など当時の探偵小説界を代表する作家らに多大な影響を与えた。いわゆる密室トリックやアリバイ崩しなどに代表される〝本格〟ものとは異なる、犯罪行為へと至る人間心理の深い探究がシムノン作品の持ち味であるとされ、また深い霧や雨に煙《けぶ》る、まるで本当に目に見えるかのようなパリの描写はとりわけシムノンの真骨頂と賞賛されて、そうした〝心理〟と〝雰囲気〟のありようは、シムノンを越えてフランスミステリー全般の特徴とさえ理解されるようになったほどである。

シムノンの魅力を広く読書人に伝えたいという願いが日本でずっと継がれてきたことは、何度も選集や全集の企画が起ち上がったことからも窺える。一九三七年には春秋社が〈シメノン選集[3]〉を刊行し、そこに収録されたメグレものの『ロアール館（死んだギャレ氏）』（一九三一）や『聖《サン》フォリアン寺院の首吊男（サン＝フォリアン教会の首吊り男）』（一九三一）は、乱歩や角田喜久雄に翻案ものやオマージュ作品を書かせるほどの感銘を与え、本邦戦後探偵小説の発展を促した。一九五五年には早川書房が「全著作日本翻訳権所有」と大々的に謳ったハヤカワ・ポケット・ブックスの〈シメノン選集〉を送り出す。しかし八〇〇番台の通し番号をわざわざ設けて意気込みを見せたこの選集も春秋社と同じく短期間で途絶し、その後の邦訳作品はハヤカワ・ポケット・ミステリへと吸収されていった。

一九六九年からは集英社がメグレものではない一般小説――シムノンはこれらの長篇を〈硬い小説（ロマン・デュール）〉と呼んだ――で〈シムノン選集〉全一二冊を編んだ。訳者に一級のフランス文学者を揃え、また宇野亞喜良の瀟洒な装幀を施した秀逸なシリーズとなったが、シムノンの人気を定着さ

3　ジョルジュ・シムノン Georges Simenon の名前は通常のフランス語風に発音すると「シムノン」となるようだが、日本に紹介された当初は表記が定まらず「シメノン」と書かれることもあった。最初に「シメノン」表記がなされたのは西東書林版『男の頭―モンパルナスの夜―』（邦訳一九三五）だと思われる。戦前から終戦直後にかけてシムノン原作のフランス映画にはなぜか Georges Siménon とアクサンテギュがついたかたちでクレジットされたものがいくつかあった。西東書林も映画関連の出版社であり、先の『男の頭』も映画『モンパルナスの夜』の劇場公開を受けたタイアップ出版物であった。こうしたことから「シメノン」表記はおそらく映画業界を経由して日本に浸透したのではないかと思われるが、真相は定かではない。

せるまでには至らなかったようだ。そして一九七六年から河出書房新社が、邦訳紹介の遅れていた戦後のメグレものを中心に、水野良太郎の装幀で〈メグレ警視シリーズ〉を刊行する。これは愛川欽也主演のテレビドラマ《東京メグレ警視シリーズ》とのタイアップもあってか好評を博し、最終的に全五〇冊の堂々たる叢書となった。またかつて早川書房の編集者としてシムノンの普及に尽力したフランス文学翻訳者の長島良三は、晩年の二〇〇八年より同じく河出書房新社から〈シムノン本格小説選〉の刊行を牽引し、未訳のまま残っていた重要なロマン・デュール作品のいくつかを日本の読者に提供した。

このように先達の努力があったにもかかわらず、残念ながらシムノン作品の翻訳紹介は冬の時代に入ってゆく。熱意のあった長島良三も二〇一三年に亡くなり、選集を手がけた編集者も現場を去って久しくなった。パトリス・ルコント監督の映画『メグレと若い女の死』の日本公開（二〇二三）を機に、早川書房がメグレものの良作を新訳版文庫で三冊出して歓迎されたものの、そこから先の動きがなかなか見られない状況が続いていた。

ひとつには、ジョルジュ・シムノンという作家に対するイメージが江戸川乱歩以来ほとんど日本の読者のなかで更新されず、それゆえに過去の作家として、実際に手に取って読まれることもないままイメージ優先で置き去りにされてしまい、もっぱら稀覯本蒐集を競う価値しか見出されなくなってしまった、という経緯があるだろう。あまりにも乱歩の賞賛が強すぎて、後のミステリーファンがその印象に絡め取られてしまい、また人々も誰かが発明したわかりやすいキャッチフレーズを繰り返し用いることでシムノンの本質を衝いたと安心してしまい、読み方までいつの間にか固定化されていってしまった——これが日本において作家シムノンの最大の不運だったといえるかもしれない。

もうひとつシムノン受容が進まなかった理由としては、日本の読者にはなぜか昔もいまもメグレものしか人気がなく、シムノンがメグレと同じくらい大量に書き遺した一般小説群——すなわちロマン・デュールの本邦紹介作品が一度たりとも広範な好評を得た例しがなかった、という商業上の事実を挙げることができる。このため日本の出版社はいまもシムノンのロマン・デュールを敬遠する傾向にあるのだが、それは結果的に、日本において作家シムノンの評価そのものを著しく狭める長年の枷となっていた、と思う。

パリの霧も雨も出てこない本作『月射病』は、最初のうち多くの読者の目には異色作と映るかもしれない。しかし実際にシムノンの経歴を振り返れば、本作が異色どころかシムノンという作家にとって本道の一篇であり、しかも彼が本当に作家として、もっというならばひとりの人間として、大きな一歩を踏み出した直後の、彼にとって人生の方向を決めるほど重要な一篇であったことがおわかりいただけることと思う。

人生はしばしば旅に喩えられるが、まさしくシムノンは旅の作家だった。旅を重ねることで成長し、ひとりの人間になっていった。本邦ではほとんど紹介されていないシムノンの重要な一側面である。

〝世界作家〟シムノンをかたちづくった、戦前までの主な航跡

- 一九二六年五月　南仏ポルクロール島を初めて訪れる。異郷のようなこの島を気に入り、その後何度も訪れて滞在する。
- 一九二八年三月―九月ころ　小型モーターボート《ジネット号》でフランス国内の川や運河を巡る。

・一九二九年春―一九三一年終盤　自船のカッター船《オストロゴート号》[4]を建造し、フランスのみならず隣国のオランダやドイツにまで旅先を拡げ、各寄港地で船上生活を送りながら執筆を続ける。
・一九三〇年冬―一九三一年春ころ　大型船に乗り北氷洋を越えてラップランドまで赴く。
・一九三二年春　ラ・ロシェル近郊マルシリーに城を借りて住む。
・一九三二年夏　アフリカ旅行。
・一九三三年冬―一九三四春　東欧旅行（ベルギーのフランドル地方、ルーマニア、ポーランド、リトアニアなど）。
・一九三四年四月―夏　《アラルド号》に乗船して地中海旅行、また黒海旅行（トルコ、ソ連など）。六月七日にプリンキポ島で革命家レフ・トロツキーを取材。
・一九三四年一二月―一九三五年五月　旅客船を乗り継いで一五五日間世界一周旅行。ニューヨーク、パナマ、コロンビア、エクアドル、ガラパゴス諸島、タヒチなどを訪れる。とくにタヒチは気に入って二か月滞在した。

シムノンは船が好きで、一九二八年から一九三二年まではほとんど船上で生活をしていたといってよいほどだ。初めてメグレ警視が登場するペンネーム時代の長篇『マルセイユ特急（夜の列車）』（一九三〇）もオランダの寄港地デルフゼイルで書かれたと考えられ、一九三一年に本名名義でメグレものの刊行が始まったときでさえ、住居はパリのセーヌ河岸に係留していた自船であったといわれる。

シムノンはおそらく少年期から遠い異郷の地に憧れを抱き、いつかは自分もそうした世界へ冒険の旅に出てみたいと願っていた。ペンネーム時代にシムノンは多くの秘境冒険小説を書いているが、実際には訪れたことのない場所やその文化を描くため、最初はもっぱら『ラルース小事典（プチ・ラルース）』を引いて想像を膨らませていたそうだ。しかしやはりおのれの目で見るのと事典で想いを馳せるのでは文章の説得力も変わってくる。シムノンはメグレものの成功に合わせて徐々に単発長篇も本名で出してゆくようになるのだが、最初のロマン・デュール作品『アルザスの宿』（一九三一）はそれでもまだメグレ誕生前後にペンネームで書かれたやや大仰な探偵小説の名残を留めていたものの、二作目の『北氷洋逃避行』（一九三二）は旅という観点から見て興味深い一作で、これはペンネーム時代の連載小説を改稿して本名で出し直した長篇なのである。一九三〇年冬のラップランドへの船旅がモチーフとなっており、後にいっそう発展してゆくシムノンならではの写実的な描写力が芽吹き始め、小説が独り立ちできるものになってきたことが窺える。

　シムノンは一九三〇年ころから探偵小説や犯罪の絡む心理小説に自分の適所を見出し、メグレ警視を主人公とする『怪盗レトン』（一九三〇連載、一九三一刊行）を書いて手応えを覚えたのだろう、大衆小説を扱うファイヤール社とシリーズ刊行の合意を取りつけるに至った。他の仕事を控えてメグレものに集中し、数作のストックも準備して、ついに毎月一冊の新作連続刊行という世間の度肝を抜く派手な売り出しをしかけ、シムノンは目論見通り時代の寵児となったわけだ。しかし二年もするとシムノンは

4　一本マストの小型帆船。

明らかにメグレものに飽き、さらなる文学的高みを目指すようになった。ジャンル小説からステップアップして一般小説でも成功したいという、三〇歳の誕生日を半年後に控えた若手作家がまさに考えるに足る野心である。

そのとき連続刊行の記録を放棄してまで彼が実現したいと願ったのが、少年期からの夢であったはずのアフリカの地へ、すなわち初めて別の大陸へとおのれを向かわせ、本当の〝世界〟を見聞することだった、といえるだろう。

シムノンは以前からアフリカなど熱帯地方のエキゾチックな文化に、また一方では世界の先端をゆくアメリカの文化に、いずれも大いなる憧憬を抱いていたと思われる。それは当時パリで暮らす若者の一般的な関心でもあっただろうが、たとえばシムノンはパリのレビューで一大旋風を巻き起こした歌手・ダンサーのジョセフィン・ベイカーに、身も心も捧げんばかりの愛情を抱いた時期があった。おそらくは一方的に彼女の付き人を気取って劇場に出入りし、また彼女を讃える個人雑誌までつくるほどの入れ込みようであった。パリではアメリカから伝わってきた黒人のダンスや音楽が人気を博していたのだが、そうした狂乱とフランス植民地主義の暗い影は表裏一体の関係にある。生まれも育ちもアメリカであるジョセフィン・ベイカーはパリの劇場でバナナのスカートをまとい、過度に未開地や植民地のイメージを前面に出して、屈辱を隠しながら踊らなければならなかった。

後年シムノンと書簡を交わす仲となる先輩作家アンドレ・ジッド（一八六九―一九五一）は、フランス政府の要望に応えて一九二六年から二七年にかけてアフリカ各地を視察旅行している。その成果は『コンゴ紀行〔正〕〔続〕』（一九二七、一九二八）という書籍にまとめられたのだが、ここでジッドは植民地主義への強い疑義を記して物議を醸していた。すなわちフランスの植民地主義的価値観はすでに揺らいで久しく、時代遅れの様相さえ呈していたと思われる。おそらくシムノンはこうした状況を理解した上で、それでもアフリカを選んだのだろう。後に移籍先となるガリマール社の雑誌《ヴォワラ（さあどうぞ）》に紀行エッセイを書くと約束して旅費を前借りし、シムノンは妻を伴って一九三二年夏から約二か月の旅に出た。

当時アフリカ大陸を巡るには東回りと西回りのふた通りの方法があったが、シムノンの場合は一般的な西回りではなく、逆の東回りルートであった。後の研究によって旅程はある程度判明している。まず定期船に乗ってフランスから地中海を渡り、エジプトで下船し、カイロとアスワンに滞在。スーダンへと南下し、当時のイギリス植民地を見る。そこから飛行機でベルギー領コンゴ（現コンゴ民主共和国）の国境近くに位置する森林地帯オー＝ユルまで飛び、車で赤道直下の交易都市、スタンリーヴィル（現キサンガニ）へと進んだ。その後はコンゴ川を外輪船で下り、キンシャサからは列車でマタディに向かい、当時そこで下級行政官を務めていた実弟クリスティアンとその家族を訪ねたと思われる。そして西アフリカをぐるりと廻る貨物船に乗り、途中でガボンのポール＝ジャンティルやリーブルヴィル、ギニアのコナクリに寄港し、フランスのボルドーへと帰還した。

この旅については、晩年のシムノン自身により、日々去来する想いをまとめた《口述録》シリーズの一冊『*Point-virgule* セミコロン』（一九七九）で詳しく回顧されている。ただしシムノンは記憶に関して特異な人物であり、少年期に見た目映い日曜日の陽射しなど特定のシーンをあたかもスナップショットのように鮮明に記憶している一方、ほんの数年前自分がどこでメグレものの第一作『怪盗レトン』を書いたのかすっかり忘れてしまい、後年には偽の記憶を真実だと信じ込んで原稿や手紙に書き記してしまうといった特徴があった。[5] そのためフランスやベルギーのシムノン研究者は一般にシムノン自身の回顧録をそのままのかたちでは信じていない。

シムノンが旅行から持ち帰ったのは、七五〇枚に及ぶモノクロ写真とおのれの記憶であった。一九三一年ころからシムノンは旅の伴としてライカを携帯し、スナップ写真を撮影していた。まさにその場の一瞬をおのれの目で見たまま真四角に切り取ってきたかのような、決して観光写真に留まらない独特の雰囲気を湛えた数々のショットを見ていると、私たちもシムノンのなかに入り込み、シムノンの目を通して世界を見つめる気持ちになる。

《ヴォワラ》紙の紀行連載「*L'heure du nègre* 黒人の時代」全六回（一九三二）は約束通り帰還後すぐに書き上げられ掲載された。シムノン自身ないしは同行カメラマンの撮影写真で彩られた紙面は実に躍動的で、そのなかの一枚は探検帽をかぶったシムノンが現地の子どもたちに寄り添い、最高の笑顔をレンズに向けているものだ。これほど屈託のない彼の〝裸の〟笑顔を、他では見たことがないといってもよい。このアフリカ旅行を通してシムノンは〝裸の人間〟という理想の人間像に辿り着く。その後のシムノンを形成する重要な観念である。人間とはたとえ世界の果てまで逃げて密林のなかでひとり暮らしたとしても、おのれの身に染み込んだ文明からは決して逃げ切ることはできない。そのためどこまで行こうとも人は文明に押し潰されて、それでも死ねずに惨めな人生を辿ってゆく。しかし翻って私たちが世界の果てと思い込んでいるアフリカ大陸を見渡せば、そこで生まれ育った子どもたちには本当の人間らしさが現にある。すなわちそれが〝裸の人間〟ということだ。

これはシムノンの諦観でもあり希望ともなった。「黒人の時代」で示されたアフリカ像は決して礼賛一辺倒ではなく、むしろ植民地支配者として入り込んだ白人と地元民との危うい関係性や、白人の無謀な鉱山・鉄道開発が現地で凄まじい軋みを上げている現実、あるいは現地の族長が集まっておこなわれる裁判で奇妙な習慣が続いていることなど、シムノン自身がその目で見た問題が大きく扱われている。だがもっとも特徴的なのは、若き日のシムノンがどこか突っ張ったような感じで、世間に流布する類型的観念を否定していることだ。「アフリカはあなたに話しかける」――これはおそらく当時フランスを始め欧州でよく目にするプロパガンダ、あるいは宣伝文句だったのだろう、だがシムノンはこれを引用した上で、この一文が持つ粗雑さを非難する。アフリカとひと括りにして世間にその魅力を伝えようとしているが、現実のアフリカで進行している物語は場所によってそれぞれ大きく異なっている。ベルギー領コンゴのウェレで見た物語は、フランス領赤道アフリカのガボンでは理解されないに違いない。私（シムノン）はアフリカを描きたくてここへ来た。大きな絵を書きたかった。だがそれは、アフリカではないのだ――このようにシムノンは訴えた。

つまりシムノンは常套句や定型句が嫌いだった。わかったようなふりをして物事をひと括りに大雑把にまとめて語る行為に飽き飽きしていた。人々に大局観がないことを責めているのではない。本当の問

5　そのため誤った記憶に基づくメグレ誕生のいきさつが書かれたシムノンの手紙を受け取った長島良三は、そのなかの記述が事実だと信じて日本の読者にそのまま紹介していた。

題はあなたがその目で見ないことではないのか、と若き日のシムノンは問うたのである。「黒人の時代」に描かれたアフリカは、決して黒人にとっても白人にとっても開放的ではない。黒人が苦しんでいるのは、この土地に入り込んできた白人の支配のせいだ、という立場でもない。土地が軋みを上げているのは人種のせいではない。アフリカそれ自体のせいだ、とシムノンは考えた。

なぜなら旅行者シムノンはアフリカの地で疎外感を覚えたからであった。彼は黒人の側にも、行政者の側にも、最後まで心を重ねることができなかった。なぜだろうかと自問したとき、シムノンの胸中に浮かんだ答えは、それは自分がこの土地で疎外されたというより、土地にさまざまな人種が集まることによってこの土地自体がばらばらとなり、現実性が失われてしまったからだというものだった。もはやアフリカそれ自体が〝裸の人間〟の居場所ではなくなっているではないか。それなのに世間は気安く「アフリカはあなたに話しかける」などと誘い続ける。実際にはアフリカは話しかけてなどこないのだ。

これがすなわち本書『月射病』のテーマである。

アフリカから戻ったシムノンの筆は圧倒的な成長を遂げていた。試しにアフリカ旅行前に書かれたメグレものの第一七作『紺碧海岸のメグレ』（一九三二）と、旅行後第一作長篇として書き下ろされたロマン・デュールの傑作『仕立て屋の恋（イール氏の婚約）』（一九三三）を読み比べると、その文章力の違いがよくわかる。

最新の書誌研究に拠れば、『仕立て屋の恋』は帰還直後の一九三二年一〇月から翌三三年春の間に書かれた。そして第二作として出たのが本作『月射病』であった。一九三二年九月終盤から翌三三年春までに書かれたとされ、新聞連載の後、一九三三年四月にファイヤール社より書籍として刊行された。執筆開始の時期や発表時期はむしろ本作の方が早かったのである。続く第三作は張り詰めた心理小説『運河の家』(一九三四)で、アフリカ旅行前の一九三二年五月に着手されていたが、書き終えたのは一九三三年一月だったという。これらはほぼ並行して書かれたわけだが、それまでの連続刊行をわずか五か月間中断したのみで再びこの三作を世に送ったことは、当時大きなインパクトを読者に与えたのではないか。これでシムノンは完全に新たな作家としてカムバックを果たしたといえるだろう。

主人公であるジョセフ・ティマール二三歳はシムノンの実際の旅をそのまま辿ってゆく。彼が宿泊する《サントラル・ホテル》に極めてよく似たホテルも当地には実在し、本作発表後にシムノンはその女主人から誤解を招くので迷惑だと訴えられたほどである。そのホテルには毎夜のように当地の行政官、検事、判事、弁護士、樵夫が集まり、ペルノを飲んでいたと、シムノンは「黒人の時代」で書いている。

アフリカ旅行によって作家シムノンが大きく変化した点をひとつあげるならば、これ以降のシムノンは自分が体験し、その目で見て、あるいはその耳で聞いたことだけを書くようになったことだと思う。想像力が失われたわけではない。シムノンがおそらく生来的に持っていた特異な能力、すなわち現実か偽の記憶かはともかく、かつて自分が見た(と信じる)光景を、あたかもスナップショットのように鮮明に、かつ簡潔に描写する技を発揮できるようになった、ということである。しばしばシムノンの小説を読んでいると、一度も行ったことのないパリの光景が、まるで実際にその場に立つかのように、ありありと思い描けて驚くことがある。シムノンは稀に架空の町を舞台にするが、多くの場合は地図に描かれたそのままの街並みを実に正確に描出する。そのため熱心な読者は地図を片手に登場人物の足跡を追い、疑似旅行と疑似体験を愉しむのである。「シムノンが描いたあのパリへ行ってみたい」と読者の心を掻き立ててやまないのも作家シムノンの特長だろう。

アフリカから帰還したシムノンの筆は、以前よりいっそう〝シムノンの目〟と一体化している。作家の頭のなかに映し出された光景が、まさに真実として文章に落とし込まれてゆくのであり、その意味で（よく指摘されるように）シムノンの小説は映画以上に映画的で、しかもそれらのカメラアイはつねにシムノン自身の過去の視線と重なり合う。前作『仕立て屋の恋』のクライマックスで主人公は屋根伝いに追っ手から逃れようとするが、これはシムノンが記者だったとき実際に起こった事件であったらしい。また次作『運河の家』で描かれる遠近さまざまな情景の多くは、シムノン自身が幼少期に見た母方の実家での出来事に由来すると考えられている。シムノンの小説は読み終えた途端に物語の筋を忘れてしまうのに、なぜか作中のある場面は頭にこびりついて離れない、まるで自分の記憶になってしまったかのように思えてならないことがある。本作の場合、たとえば冒頭少し経ってからの葬儀の場面は印象的だ。またときおり脇役の人間がティマールに語る、現地で起こった異様な事件のいきさつについても、本筋とは無関係に私たち読者の頭に飛び込んできて掻き消せなくなる。それらのなかには実際にシムノンが現地で聞いた逸話も盛り込まれているのだそうだが、そんな裏話を知らずとも、シムノンが文章に書き下したその瞬間に、その印刷物を私たちが読んだその瞬間に、それらはすべて真実として、過去に存在した記憶となってゆくかのように思える。

ルポルタージュやドキュメンタリーを書くときよりも、小説で書いたときの方がはるかにその光景は真実として見える――これが他の誰にもできない作家シムノンならではの特徴であり魅力だ。シムノンは若いころから記者として生活していたし、作家となってからも初期のころはルポルタージュをときおり手がけた。しかしたとえば同時代にイギリスの作家ジョージ・オーウェルがパリで皿洗いとして極貧生活を送り、その時期を振り返って書いたノンフィクション作品『パリ・ロンドン放浪記』(一九三三)が抜群に面白いのと比較すると、シムノンのルポルタージュはいかにも硬くて、あえて世論に逆張りをして目立とうとするかのような、どうも肩に力の入りすぎたものが多い。これは小説以外の文章になるとシムノン持ち前のカメラアイがかえってピントを外してしまうためかもしれない。

シムノンはつねに旅行者であった、と複数の評論家がこれまで指摘している。つまり彼はどこへ旅しても、決して地元民と同一になることはなかった。つねに通りすがりの人間として世界を見ていた、ということである。作家シムノンの本質を衝く鋭い指摘だ。

しかしシムノンのロマン・デュール作品の主人公たちは、作者シムノンと違ってどこかでおのれの運命に逆らおうと試みる。本作の主人公ティマールも地元民の漕ぐピローグに乗ってコンゴ川を下り、先に町へと戻っていったアデルを追って、事件の真実を皆に伝えようとする。クライマックスは彼が裁判に乗り込んでゆくくだりだ。周りの人々すべてが不条理な行動を採るなかで、実際には彼だけがまともな人間であり、彼の叫ぶ言葉だけが真実を語っている。しかし軋んだ世界ではむしろ彼ひとりが〝よそもの〟として疎外される。後のアルベール・カミュの『異邦人』(一九四二)で描かれたテーマが、すでにここに見られるのである。

本作はジョゼフ・コンラッド『闇の奥』(一八九九)、ルイ゠フェルディナン・セリーヌ『世の果てへの旅』(一九三二)、あるいは後年のグレアム・グリーン『事件の核心』(一九四八)と並んで語られることが多い。それだけの力を内包する小説といって差し支えないと思う。メグレものを語るときにコンラッドやセリーヌ、グリーンといった名前はなかなか出てこないが、ロマン・デュールを語ろうとすれば自然とこれらの作家にまで連想が及ぶ。新しいシムノン像が私たちの心のなかでかたちを成してくるのがわかるだろう。

本作のラストで主人公ティマールは何度も叫ぶ──「ありえない！(Ça n'existe pas!)」──これが彼の最後の声へとつながってゆく。──「アフリカなんて、存在しない！(L'Afrique, ça n'existe pas!)」

ここで私たちは本作が、シムノン版『闇の奥』であることに気づくのだ。あまりにもあの有名な言葉に似ているからである。

──The horror! The horror!

「地獄だ！　地獄だ！(怖ろしい！　怖ろしい！)」

本書のタイトル『*Le coup de lune*』は日本語に訳すのが難しい。その意味はラスト近くで明かされるが、coup とはフランス語の「クーデター coup d'État」の coup であり、直訳すれば本作は『月の一撃』などとなろう。当時は「竹の一撃 le coup de bambou」という言葉がすでにあり、現地ではこれを転用して「月の一撃」なる表現が使われていた、とシムノンは後の《口述録》で記している。だがフランス語で「日焼け」「日射病」を表す一般的ないい回しとして「太陽の一撃 coup de soleil」があり、「月射病」はそれを踏まえた造語である。

ティマールはすなわち月射病に罹った白人のひとりなのだ。アフリカ大陸におのれの存在を拒絶された、と絶望に襲われ精神に変調を来してしまう疾患のことである。だがそれは私たちが文明人で、どこへ行こうとも〝裸の人間〟になることができないという宿命ゆえの発作ではないのか？　実はアフリカで進行している悲劇など、ひと括りに論じてしまえば至って平凡なものにすぎない。だが本当の問題は、勝手にエキゾチズムを幻想し、勝手にそれを支配しようと試み、そして勝手に敗れ去ってゆく私たちが宿痾として持つ、誰にでも起こり得るたんなる〝類型的〟一症状を、さも自分の身に起きた大事であるかのように感じてしまう、逃れようもない〝人間らしさ〟にあるのではないか？

何が本当の人間であるのか。これが作家シムノンにとっての生涯のテーマとなってゆくのだ。シムノンはメグレシリーズでそうした当事者に寄り添う人としてメグレを描き続けた。メグレが私たち読者と事件の間の緩衝材となってくれた。しかし同じ作者が描くロマン・デュール作品は違う。私たち読者はメグレ不在のなかで、直に当事者たちと向き合う必要がある。それは重く、しばしば激しく、耐えがたい物語となるが、逆にいえばロマン・デュールを読むとき私たち自身がメグレになりシムノン自身になってゆく、あるいはまた私たち自身が〝目〟そのものになってゆくことでもあるのだ、とわかるだろう。

シムノンはこのアフリカ旅行で多くの印象を得て帰ってきたようで、その後も戦前から戦時中にかけて、すなわちシムノンが戦後にアメリカという新天地に向かう前まで、アフリカを舞台とする小説が書かれた。ロマン・デュール長篇としてはコンゴが舞台の『*45° à l'ombre* 摂氏45度の日陰』（一九三六）や『*Le Blanc à lunettes* 眼鏡の白人』（一九三七）があり、また《Nouvelles exotiques 異郷小説集》と銘打たれた中篇群にリーブルヴィルが舞台の「*Un crime au Gabon* ガボンの犯罪」（初出一九三八）やエジプト砂漠地帯を取り上げた「情熱の空路（砂漠の地平線）」（初出一九三九）、さらに戦時中《グランゴワール》誌に寄稿した短篇群にはマタディを舞台とする「*Le capitaine du Vasco*《ヴァスコ号》の船長」（初出一九四〇）や、コンゴで暮らす白人たちの動揺を描く「*Le nègre s'est endormi* 黒人は眠りに落ちた」（初出一九四一）などの作品がある。

しかしそれだけではない。アフリカ帰還後、シムノンはさらに他の多くの〝異郷〟へと出向いてゆくようになる。先の年表に示した東欧や中東やソ連、さらには旅客船を乗り継いで敢行した世界一周旅行で赴いた南米やタヒチがそうだ。この後数年にわたって、シムノンはそうした異郷の地を次々と小説の舞台に取り上げてゆくようになる。

これは第二次世界大戦へと至る前夜の時期であり、世界が大きなうねりを見せていたときにあたる。一九三三年にはドイツでナチスが政権をつかみ、また同年にはソ連が台頭して、共産主義、全体主義が他国を威圧してゆくようになる。シムノンとほぼ同時代に活躍したベルギーのバンド・デシネ作家エルジェ（一九〇七―一九八三）は新聞社からの要請でソヴィエト・ロシアを視察し、一九二九年から《タンタンの冒険》シリーズの第一作『タンタンソビエトへ』の連載を開始している（一九三〇刊行）。ここで描かれるロシアは人々の想像の域を決して越えない全体主義国家だ。続く第二作『タンタンのコンゴ探検』（一九三〇連載、一九三一刊行）も古き時代の植民地主義的価値観を素朴に表現しており、後に作者エルジェはこれら初期の《タンタン》の内容を悔やんだといわれる。また一方で作家ジッドは一九三六年に同業者らとソ連を訪れ、その圧倒的な産業力に輝かしい未来を幻視しつつ、その裏側に隠された貧困にも直面した事実を『ソヴィエト旅行記』（一九三六、一九三七）に書き記した。

シムノンは一九三七年にも再びアフリカ旅行を計画したが、これは直前に挫折した。よって結果的にシムノンは、生涯で一度しかアフリカ大陸を訪れることがなかった。その後、シムノンが最後におこなった人生最大の旅は、戦後すぐからの北米大陸への移住である。カナダとアメリカで彼は一一年間暮らし、これが後期の作家シムノンを決定的にかたちづくってゆく。

しかし一九三二年のアフリカ旅行はどんなときでも、彼にとってとりわけ大切な記憶であったに違いない。本書の初版原書カバーにはアフリカの彫像が描かれているが、シムノンは実際に彫像を土産として持ち帰り、後年まで仕事場の机に飾っていたとのことである。

＊

本叢書の企画は東宣出版の編集者である津田啓行が、以前に幻戯書房から刊行されたシムノンの『運河の家　人殺し』（邦訳二〇二二）を読んだことから始まった。「シムノンはミステリー作家だと思ってずっと敬遠していたが、この本を読んで考えを改めた」と、監修と解説を担当した私・瀬名に新規叢書の企画とその全体監修を打診してきたのである。もともと幻戯書房の『運河の家　人殺し』は私・瀬名がウェブ連載《シムノンを読む》（https://honyakumystery.jp/category/writers/writers15）を進めるうち、シムノンの未訳ロマン・デュール作品を紹介したいと考えてフリー編集者の藤原編集室様にご協力をお願いし、出版先を探すなかで実現した企画だった。よって本叢書はまさに「本が本を呼んで実現した」企画といえる。

翻訳者はフランス文学翻訳者の高野優様に気鋭の若手複数名をご紹介いただいた。翻訳文は日本語としての読みやすさを第一としつつ、シムノン独特の文章表現は尊重して、シムノン作品の魅力が最大限に読者の皆様に届くことを目標としている。多くの方々に心から御礼と感謝を申し上げたい。本当にありがとうございます。

本作品中には、今日の観点からみると差別的ととられかねない表現が散見しますが、作品自体の持つ文学性および歴史的背景に鑑み、使用しているものです。差別の助長を意図するものではないことをご理解ください。

（編集部）

［著者紹介］

ジョルジュ・シムノン (Georges Simenon)

1903年、ベルギーのリエージュに生まれる。十代半ばから地元紙の記者として旺盛な執筆意欲を発揮、1922年よりパリで作家修業を始める。多くのペンネームでコント、悲恋小説、冒険小説を次々と発表し、やがて謎解きものや犯罪小説も手がけるようになる。1930年に本名のジョルジュ・シムノン名義で《メグレ警視》シリーズの第一作を新聞連載、1931年から書き下ろしでシリーズ長篇を毎月刊行し、たちまち人気作家となった。1933年からメグレではない心理小説、《硬い小説（ロマン・デュール）》の長篇も精力的に発表し始める。第二次世界大戦後は北米に移住、その後は主にスイスで執筆を続けた。1972年に引退を表明し、以降は日々の想いを口述録のかたちで刊行していたが、娘マリー＝ジョーの不幸な死を受けて1981年に大部の『私的な回想』を発表、その内容は議論を呼んだ。1989年にローザンヌの自宅で死去、享年86歳。シムノン名義で書かれたメグレものは長篇全75作、中短篇全28作。ロマン・デュール長篇は117作といわれている。フランス語圏を代表する作家のひとり。

［監修者紹介］

瀬名秀明（せな・ひであき）

1968年静岡県生まれ。1995年に『パラサイト・イヴ』で日本ホラー小説大賞を受賞しデビュー。1998年に『BRAIN VALLEY』で日本SF大賞、2021年に『NHK 100分de名著 アーサー・C・クラークスペシャル ただの「空想」ではない』で星雲賞ノンフィクション部門をそれぞれ受賞。小説の他に科学ノンフィクションや文芸評論も手がける。2014年末よりジョルジュ・シムノンの作品を毎月一冊読んで感想を書くウェブ連載《シムノンを読む》を開始、2024年に連載100回を越え、現在も継続中。

［訳者紹介］

大林薫（おおばやし・かおり）

フランス語翻訳家。訳書にエクトール・マロ『家なき子』（小学館世界J文学館）、リュック・ベッソン『恐るべき子ども　リュック・ベッソン「グラン・ブルー」までの物語』（監訳／辰巳出版）、ジャコメッティ&ラヴェンヌ『ナチスの聖杯』『邪神《メシア》の覚醒』『亡国の鉤十字《ハーケンクロイツ》』（監訳／竹書房）、ラウィック&ロブジョワ『わたしの町は戦場になった　シリア内戦下を生きた少女の四年間』（東京創元社）など。

Le coup de lune 1933

シムノン　ロマン・デュール選集
月射病

2025年1月31日　第1刷発行

著者
ジョルジュ・シムノン

監修者
瀬名秀明

訳者
大林薫

発行者
田邊紀美恵

発行所
有限会社東宣出版
東京都千代田区神田神保町2－44　郵便番号101－0051
電話（03）3263－0997

ブックデザイン
塙浩孝（ハナワアンドサンズ）

印刷所
亜細亜印刷株式会社

Printed in Japan
ISBN978-4-88588-115-2